雪見酒

居酒屋お夏 春夏秋冬

岡本さとる

幻冬舎時代小説文庫

雪見酒

居酒屋お夏　春夏秋冬

目次

第一話　炒り卵

一

「小母《おば》さん……、へへへへ、いつもありがとう……。へへへへ……」

浅太郎《あさたろう》は愛想笑いを浮かべつつ、お夏《なつ》から折箱を受け取った。

中には出来たての炒り卵が入っている。

卵二個に少しだし汁を混ぜ、鉄鍋に薄く油をひいて素早く箸で炒る。これに刻み葱《ねぎ》などを加えると、ふんわりとした食感に適度な歯ごたえが生まれる。お夏得意の一品である。

これで四十文とは安い。

浅太郎が喜ぶのも当然であろう。

「おっ母《か》さんは、こいつを食べるのが楽しみなんだよ。へへへへ……」

その四十文が、浅太郎には贅沢な買い物なのであるが、彼は病がちの母親のために、十日に一度はお夏に拵《こしら》えてもらうのだ。

それがわかっているだけに、お夏は浅太郎の求めに応じて好《い》い卵を仕入れておいてやるのである。

浅太郎は白金《しろかね》十一丁目の裏店《うらだな》に住んでいる。

歳《とし》は二十歳《はたち》になり、成就院の傍《そば》にある薬種問屋〝丹波屋〟で下働きをしている。

目黒《めぐろ》へ来てからもう五年になるのだが、永峯《ながみね》町に建つお夏の居酒屋に顔を見せ始めて、まだ三月《みつき》くらいでしかない。

この夏に店が焼けて、新装開店した直後ということになる。

もちろん、目黒へ来た時はまだ十五の若さであったし、その頃から母親の面倒を見ていたから、荒くれが集うお夏の居酒屋に立ち寄るのは憚《はばか》られたのであろう。

生来何をしても動きが鈍《にぶ》く、気働きの出来ぬ男であった。

奉公先でも仕事仲間から馬鹿にされ、のろま扱いされている浅太郎が、おいそれと暖簾《のれん》を潜れる店ではなかったのだ。

「おっ母さんの具合はどうだい？」

　お夏のぶっきらぼうな声掛けは、浅太郎に対しても同じだが、浅太郎はそこに情を覚えるようだ。

「へへへ、まあまあだね……。そんなら小母さん、また……」

「ああ、ありがとうよ。あんたが来そうな日を見計らって、好い卵を仕入れておくからね」

「へへへへ……」

　浅太郎はまた愛想笑いをすると、しっかりと数えてから四十文を手渡して、足早に去っていった。

「毎度……」

　料理人の清次《せいじ》が一声かけて、お夏は何ごともなかったように板場に戻る。

　いつも変わらぬ二人なのだが、浅太郎が店に来て炒り卵を求めて帰る時、店の客達は何とも言えないやりきれなさを漂わせる。

　裏店と奉公先を行き来して、その他はひたすら母親に寄り添う感心な若者なのだが、いつもおどおどしていて、やたらと、

「へへへへ……」

と愛想笑いをする浅太郎が薄気味悪くて仕方ないのだ。

本来この店に集う客達はほとんどが、脛《すね》に傷持つ荒くれとはいえ、

「おう浅太郎、お前へらへら笑ってぃねえで、ちょいと一杯ひっかけてから帰んな」

己が席に呼んで、帰る前に一杯飲ませてやるくらいの人情を誰もが持ち合わせている。

しかし、浅太郎だけはどうもいけない。

不気味な愛想笑いの他には、冗談のひとつも言えるわけではなし、馬鹿話をしても反応が鈍く、呼んでやる気も失せるのだ。

とはいえ、

「まったく気味の悪い野郎だぜ」

「あの馬鹿を見ると、苛々《いらいら》するぜ」

などとこき下ろしたりすれば、

「ふん、気味が悪かろうが、苛々させられようが、あんた達よりよっぽどできが好

いよ」

たちまちお夏にやり込められる。

女将《おかみ》は強烈な毒舌婆《ばば》ァである上に、荒くれ達の溜り場と見られがちな居酒屋である。誰もが初めのうちは行くのをためらうのだが、店に入ってみれば、意外や恐ろしい女将によって平穏を得て楽しい一刻《ひととき》を過ごせる。

店で飲食しなくとも、惣菜を持ち帰ることも出来る。

浅太郎は長い刻をかけてそれに気付いて、やっと近頃店に来ているのだから、

「今はまだ浅太郎のことは放っておけばいいさ」

と、客達は黙って見ているのだが、どうもすっきりしないのだ。

それは浅太郎の身上にあると、お夏と清次は見ていた。

浅太郎の奉公先の〝丹波屋〟は、滋養に効くという〝神養丸〟という薬が評判の薬種問屋で、目黒に古くからある大店《おおだな》である。

浅太郎の母・おせきは、かつて〝丹波屋〟に女中奉公していた。

やがておせきは、薬を売り歩く定斎屋の男に見初められ、〝丹波屋〟を出て夫婦となり神田《かんだ》に住んだ。

すぐに浅太郎を儲《もう》けたものの、その亭主はまだ浅太郎が十《とお》にならぬうちに病没してしまった。

おせきは小体な甘酒屋を開いて、浅太郎を育てたのだが、浅太郎を産んで以来体調がすぐれず、浅太郎が十五になった時に、大病を患い甘酒屋を閉めざるをえなくなった。

浅太郎は生来が愚鈍で奉公先も見つからず、甘酒屋の手伝いをしていたので母子は困窮した。

浅太郎では甘酒の味を調えられず、商いを続けてはいけなかったのである。

その苦難に手を差し伸べてくれたのが〝丹波屋〟で、以前おせきが奉公していたという誼《よしみ》で、目黒に住みやすい裏店を見つけてくれた上で、浅太郎を下働きに雇ってくれた。

何かとしくじりが多く、愚鈍な浅太郎であったが、体付はなかなか立派で力もあったので、決まりきった力仕事であれば黙々と真面目にこなすことが出来た。

それゆえ日々周囲の者を苛々とさせながらも、母子二人細々と暮らせていたのだ。

これを聞くと、〝丹波屋〟の主・隆右衛門《りゅうえもん》は、なかなかの人情家と思われるのだが、居酒屋の常連である口入屋の親方・不動の龍五郎《りょうごろう》や、仏具屋〝真光堂〟の後家・お春《はる》は口を揃《そろ》えて、

「馬鹿旦那」

と切り捨てる。

おせき、浅太郎母子を呼び戻してやったのは〝丹波屋〟の先代で、二年前に跡を継いだ隆右衛門は既に四十を過ぎているが、

「あの野郎じゃあ、〝丹波屋〟もそのうち屋台骨がゆるんじまうだろうなあ」

「あんな色狂いじゃあねえ……」

二人は、浅太郎の姿を店で見かける度に嘆息している。

隆右衛門は家業を顧みることなく、日々女道楽に現《うつつ》を抜かしているらしい。

店は番頭に任せきりであるから、浅太郎が下働きで奉公していることすら知らぬのではないかと思われる。

こんなことでは自分の跡継ぎを育てられるはずもないのだが、妻との間には娘が一人いるだけである。

跡継ぎはこの娘にしっかりとした婿をとればよいとばかりに、遊び呆けているのである。

まったく開いた口が塞がらない。こんな様子では、いつ浅太郎にとばっちりが降りかかるか知れたものではないのだ。

浅太郎は母親のおせきから、

「お前は人より動きが遅いのだから、どんな時でも愛想よくして、かわいがってもらうようになさい」

などと日頃から言われている。

しかし、それを実践するとかえって気味悪がられて、余計に人を苛々させているようだ。

それゆえ〝丹波屋〟の下働きの男達からは、日々馬鹿呼ばわりされて、からかわれている。

本来なら親孝行な浅太郎に構ってやりたい居酒屋の客達なのだが、

「へへへへ……」

と、笑ってばかりでは放っておくしかない。

それがまたやりきれないのである。

いつもなら、龍五郎が常連達に、

「お前ら、庇《かば》ってやろうと思っているならうだうだ言ってねえで、ちったあ声をかけてやりゃあ好いだろう」

と窘《たしな》めるところだが、彼もまた浅太郎を見かけても、笑って会釈するだけで、特に声をかけたり一杯飲めと勧めたりはしなかった。

〝真光堂〟の後家・お春にも言えることだが、目黒に古くから住む者達は、おせき、浅太郎母子については何も語らずただ見守っている感がある。

お夏と清次には、それがいささか奇異に映るが、二人のすることはひとつしかなかった。

浅太郎が母親に滋養をつけてやろうと、四十文を握り締めて買いに来る炒り卵を、いつでも気持ちよく用意してやることであった。

相変わらずこの居酒屋は、店と客、客と客との馴《な》れ合いを許さぬ厳しさと心地よさに溢《あふ》れている。

二

不動の龍五郎と後家のお春が言うように、薬種問屋〝丹波屋〟の身代には、少しずつ翳《かげ》りが見え始めていた。

長年売り上げがよかった神養丸も、別段成分に変わりがなければ、他店の新薬に人気が移るのは当然で、少しずつ売れ数は落ちていた。

それならば、目薬や腹痛に効く薬を新たに作ればよいのだが、隆右衛門が浪費するので、そこに充てる掛かりがない。

売り上げは落ちても、主の遊興費は増える一方となれば、店が傾いていくのは避けられない。

隆右衛門の女道楽に愛想が尽きた〝丹波屋〟の内儀は、遊び呆ける良人をこれ幸いと構わずに、娘の養育に心血を注ぎ始めた。

少しでもよい婿を迎えるためには、目黒一美しいお嬢様にしなければならないと思い立ったようだ。

そうなると、衣裳、習いごと、調度類に出費がかさむようになり、こちらはこちらで掛かりが増える。

番頭は頭を抱え、店の奉公人達に辛《つら》く当るようになる。

〃丹波屋〃の士気は下がるばかりである。

奉公人達は、先代の時には与えられていた、給金以外の飲食物や祝儀などが削られていき、不平が口をつく。こうなるとますます険悪な空気が漂うようになるものだ。

十月も末になると、気候も冷えてきて師走の風を感じるようになり、下々の者は年越しに不安を覚えるので尚さらだ。

その日、浅太郎が〃丹波屋〃へ出仕すると仕事仲間の留松《とめまつ》が荒れに荒れていた。

留松は四十過ぎで、下働きの中では古株である。

「浅！　のろまな野郎だなあ手前《てめえ》は！」

浅太郎は何度叱られたか数え切れない。

留松の仕事ぶりはなかなかにしっかりとしていて、それも仕方がないと思っていた。

それが、この日は人や物に当りちらしていたので何ごとが起こったのかと思っているると、留松は〝丹波屋〟から追い出されることになったそうな。

このところ奉公人達の間では、店の様子が芳しくなく、そのうち職を奪われる者が出てくるのではないかと、まことしやかに囁《ささや》かれていた。

本来ならば出来の悪い浅太郎は、誰よりも恐れなければならなかったのだが、彼は店の状態がどうなっているかなどを考える思慮に欠けていた。

母・おせきと困っているところを拾ってくれた〝丹波屋〟が、そんなひどいことをするとも思っていなかったし、そもそもが他の奉公人達のような厚遇を受けていなかった浅太郎には店への不平などなかった。

日々、決められた通りに奉公し、大した働きは出来ぬものの、自分に与えられた仕事を黙々とこなす浅太郎は、このような時にはかえって使いやすい下働きであると言える。

ところが、留松は仕事をつつがなくこなす反面、不平不満が多い上に博奕《ばくち》好きときていた。

番頭達は奉公人を減らさねばならないと相談していたので、見せしめの意味も含

めて、

「〝丹波屋〟の奉公人として行状よろしからぬ」

と暇をとらせたのである。

先頃、留松は小博奕に手を出し、あわやお縄になるところであったのは確かで、そこを番頭は衝いたのだ。

文句を言おうものなら御用聞きを間に立てると脅されれば、留松もすごすごと引き下がるしかなかった。

そして、留松の解雇は、手代、丁稚《でっち》、女中、下働きの者達に衝撃を与えた。

好い気になって文句を言っていると、自分も店を追い出されるかもしれないと、奉公人達に緊張が走ったのである。

「畜生、頭にくるぜ……。浅、お前みてえなのろまの役立たずが店に残って、おれが追い出されるとはよう」

留松は浅太郎に毒を吐き、こんな時でも夜遊びを控えようとしない隆右衛門を呪ったのであった。

自分が人より劣っているとわかっている浅太郎ではあるが、〝のろま〟だとか

〝役立たず〟だとか罵《ののし》られると、さすがに気が滅入る。

しかし、この日ばかりは留松を哀れに思って、いつもの愛想笑いも出なかった。

もっとも、へへへと笑えば、留松に殴られていたであろうが――。

「おっ母さん、おれはひとまず置いてもらえるようだよ」

一日の勤めを終えて家に戻ると、浅太郎は開口一番おせきに留松のことを報《しら》せ、大きく胸を撫《な》で下ろしたものだ。

おせきは今日は朝から気分がよく、自分で飯を炊き、裏店に来た豆腐売りから、豆腐と油揚げを買い求め、倅《せがれ》のために夕餉《ゆうげ》の仕度をしてくれていた。

「おっ母さん、飯の仕度なんかしなくていいんだよ……」

浅太郎はそう言って母を労《いたわ》ったが、

「それはよかったねえ。お前がひたすらまじめに日々お勤めしているのを、旦那様はわかってくださっているのでしょう。ありがたいと思って、ますます励まないといけないねえ」

涙ぐみながら喜んでくれると、ますます嬉《うれ》しくなってきた。

おせきは幼い頃から今まで、ずっとやさしい人であったが、まだ自分が〝丹波屋〟に女中奉公していた頃から下働きをしていた留松には、あまり好い印象がなかったようだ。

「留松さんは気の毒だけど、それはあの人の日頃の心がけがいけなかったからなのでしょう。お前も気をつけないとねえ」

「わかっているよ、おっ母さん。おれは馬鹿でのろまだから、ただ言われた通りにするしかないんだよねえ、へへへ……」

母にまで愛想笑いを浮かべてしまう息子を見ていると、おせきはいたたまれなくなってますます目が潤んでくる。

こんな風に生み育ててしまったという自責の念に加えて、病がちな自分がいるがために浅太郎が苦労しているのではないかと申し訳なさが募るのだ。

「おっ母さん、何が哀しいんだい。さあ、ご飯を食べようよ……」

浅太郎は母の心の機微が読み取れず、せっせと飯の仕度をする。

今日の膳に炒り卵はない。

油揚げを網で軽く焼いたもの、香の物に豆腐の味噌汁《みそしる》……。

侘《わび》しい夕餉であっても、

「おっ母さんとご飯を食べている時が、何よりも幸せだねえ。へへへへ……」
そう言ってくれる浅太郎は、何と心やさしき息子であろうか。
二十歳ともなれば、恰好をつけて町へ出て、酒を飲んで騒ぎたいはずである。
それを馬鹿だ、のろまだと笑う者がいる。
許せない奴らだが、病がちの身では何かしてやれるわけでもない。
ただ天に手を合わせて、
――浅太郎に力を与えてあげてください。
神仏に祈るしかないおせきであった。

三

翌日の〝丹波屋〟は、何ごとにも鈍い浅太郎でさえもじっとしていられないほど、殺伐とした気配に包まれていた。
店を辞めるに当って、主人の隆右衛門から留松に下され物があり、色を失った彼が幽鬼のごとくふらふらと現れたからだ。

何かと口うるさいので、店の者達から煙たがられていたゆえに、留松が辞めたとて誰も感慨を抱かなかった。

しかし、辞めると決まったことで、さらに口うるさく絡まれるのは御免である。

奉公人達は厳しい表情で会釈して、さっさと自分の仕事に戻るのであった。

妙に留松と関わって、番頭から目を付けられても迷惑であった。

留松はそういう連中をじろじろと見ながら、

「けッ、おもしろくもねえや……」

話しかけることも出来ず、舌打ちばかりしていた。

浅太郎だけはいつものように、薬の原料を職人の許に運んだり、積荷の整理をしながら、

「留さん、おはようございます」

と挨拶をしたが、まともに言葉をかけてくれたのが浅太郎だけというのが、情けなかったのであろう。

「馬鹿が残って、おれが去るか……」

自嘲《じちよう》の笑みを浮かべて、浅太郎の前を通り過ぎた。

やがて彼は店の奥へと入っていった。

番頭も世間からあらぬ噂《うわさ》を立てられぬようにと気を配ったのであろう。我関せずの隆右衛門を説き伏せて、留松と対面させたのだ。

奉公人達は一瞬胸を撫で下ろしたが、〝馬鹿旦那〟の隆右衛門が留松に話すことなど何もなく、ものの小半刻（約三十分）も経《た》たぬうちに留松は奥の座敷から出て来て、店の裏手の荷物の搬入口辺りをうろうろし始めた。

そこからは裏庭に続き、職人の作業場、蔵や物置に繋《つな》がっているので、浅太郎達下働きの者が忙しく行き来している。

留松は今までその辺りにいて、

「おい！　ぐずぐずしているんじゃあねえや！」

などと、若い者達を叱咤してきたので、この場が懐かしくて、なかなか立ち去れないのであろう。

さすがに下働きの連中も、

「お達者で……」

「色々ありがとう」

などと口々に声をかけたものだ。

それでも話し込まれては困るから、それぞれが自分の仕事をこなし、慌しさを装いすぐに留松から離れていった。

留松は、誰でもいいから隆右衛門との対面について話したかった。

隆右衛門の留松への冷遇は、小半刻も経たぬうちに話が終ったことでわかる。

だが留松の話を聞けば、主人を批判したと取られかねない。薄情者と恨まれようが、誰も留松を相手にしない。

――こうなりゃあ、あの馬鹿でもいいや。

留松は、とどのつまり浅太郎を捉まえたのである。

「留さん、やめちまうんだね……」

呼び止められると、浅太郎は言葉を返した。

「ああ、辞めさせられたぜ。確かにおれは博奕に手を出したが、ここにいる連中は皆一度や二度はお慰みをしているはずだ」

留松は食いつくように言った。

「おれはしたことがないよ」

「そんなことはわかってるよう」

留松は苛々としたが、それでも聞いてくれる相手が欲しかった。

「おれは見せしめにされたってことよ。ここで三十年近くも働いたおれが見せしめとは、ひでえ話だぜ」

浅太郎は何と応えてよいかわからず、ひとまずは、

「へへへへ……」

と、愛想笑いをしてみせた。

留松はまた苛々としたが、相手が浅太郎だけに仕方がないかと諦めて、

「旦那も旦那だぜ。番頭の言いなりになってよう。話があるからと呼ばれて行ってみたら、何と言ったと思う？　うちの店の名に傷がつくようなことをされては置いておくわけにはいかないんだ。それで暇をとってもらうことになった……、なんてよう。番頭がそう言えとぬかしやがったんだろうが笑わせるぜ。店の名に傷をつけているのは手前《てめえ》の方じゃあねえか。若《わけ》え頃から女の尻ばっかり追いかけ回しやがって、今じゃあ商売そっちのけで遊び呆けていやがる。手前《てめえ》が〝馬鹿旦那〟と呼ばれているのを知らねえんだ」

次々と不平を口にして隆右衛門をこき下ろした。

浅太郎もこれには愛想笑いで応えられず、

「旦那様を悪く言うのはいけないね」

彼なりに真顔で返した。

「悪く言うのはいけねえだと……。お前はやはりのろまだな。外へ出て世間に訊《き》いてみやがれ、あの色ぼけをよく言う奴なんて誰もいねえや。女道楽で店が傾いていてよう。留松、お前も長く勤めてくれたから、これを渡しておこう。ゆめゆめ博奕に使うではないぞ、なんてもったいつけてくれた金が、たったの一両ぽっちだ。一両だぜ。おれの三十年は何だったんだよ」

話すうちに、留松はまるで物を見るかのような隆右衛門の目差しを思い出して、腹が立ってきた。

「だがよう留さん、おれは旦那のお蔭《かげ》でこうして生きていられるんだ。悪くは言えないよ」

それが浅太郎の偽らざる気持ちであった。

周りの者達も、誰か助け船を出してやってもよさそうなものだが、今の留松と関わり合いになるのを避けて、浅太郎の傍へ寄って来ない。

「旦那のお蔭だと……？」

留松は苛々を爆発させて浅太郎をきっと睨《にら》むと、

「何が旦那のお蔭だ。お前達母子を目黒に戻してくれたのはあの馬鹿旦那じゃねえや。ご先代だよ」

「ご先代？」

「そんなことも知らねえのかこの間抜けが」

初めから浅太郎相手に喋《しゃべ》ったとて苛々するのはわかっていたはずなのに、勝手に浅太郎に無駄口を叩《たた》く留松とてろくなものではない。

「ご先代ねえ……」

浅太郎は首を傾《かし》げた。そういえば、そんな話を聞いたような……。

とはいえ、母・おせきには日頃から、ありがたいと思ってますます励めと言われてきた。

留松が辞めさせられて浅太郎が奉公出来ているのは、今の旦那が浅太郎の忠勤を認めてくれているからだとも言っていた。

「まあ、何だっていいや。おれは今の旦那様に雇ってもらっているんだから、やっぱり旦那様のお蔭なんだよ」

浅太郎は、留松を宥《なだ》めるように言ったが、これが留松のひねくれた想いにさらに火をつけた。

「けッ、何が旦那様のお蔭だ。お前この店に来てから、旦那から声をかけられたことが一度でもあったか？」

「そりゃあ……、なかったけど……」

「だろう。旦那はお前がここにいることさえ知っちゃあいねえのさ」

「そうだろうか……」

「そうだよ」

「でも、おっ母さんは、旦那様は好いお方だって……」

「お前のおっ母さんがそう言っているのかい。こいつはお笑い草だ。お前のおっ母さんはどうかしているぜ」

「何がだい？」

浅太郎も母を悪く言われると、にこやかにしていられない。むっとして訊き返す

と、

「おめでてえ女だと言っているんだよ」

「何がおめでたいんだい」

「ヘッ、のろまでもむきになることがあるんだなあ。お前のおっ母さんもおれと同じ目に遭ったんだよう」

「留さんと？」

「ああ、あの馬鹿旦那にひでえ目に遭わされたんだ」

「旦那様に、おっ母さんが……」

「ああ、ひでえ目にな……」

留松は皮肉な物言いをした。

「おかしなことを言うな！」

さすがの浅太郎も気色ばんだ。

日頃へらへらと気味悪く笑っている愚鈍な浅太郎が初めて見せる怒りに、留松は気圧《けお》されたが、

「まだ何か用かい？」

そこへ番頭がやって来て、留松に咎《とが》めるように言った。

浅太郎にしつこく絡んでいると聞きつけたようだ。

留松は我に返って、

「いや、ちょいとこの馬鹿と、名残を惜しんでいただけでさあ」

溜息交じりに言った。

留松は誰にも構ってもらえず、浅太郎相手にむきになっている自分が空しくなったようだ。

「おおきに、おやかましゅうございました。おう皆、お前らも次の奉公先を今から考えておいた方が好いぜ！」

彼は捨て台詞《ぜりふ》を吐いてそそくさと立ち去った。

番頭は渋い表情でそれを睨みつけると、

「浅太郎、あんな奴は相手にしちゃあいけないよ」

怒ったように言った。

「留さんは、うちのおっ母さんが……」

浅太郎は、聞き捨てならぬことを言われたままに終ったので、番頭を真っ直ぐに

見たが、

「留松の言うことなど真に受けるものがあるか！」

言葉を遮られてしまった。

「手が休んでいるよ！　皆もお勤めに身を入れなさい」

番頭は奉公人達を叱りつけて、また表の方へと戻っていった。

浅太郎は、番頭の言う通りだと思ったが、彼なりにどうもすっきりとしなかった。

留松が母親の話を始めると、近くを通り過ぎる奉公人達は皆顔をしかめていた。

番頭も、それについて訊《たず》ねようとしても、取りつく島もなかった。

——おっ母さんが、旦那様にひどい目に遭わされた。

母親への孝養だけが生きるよすがである浅太郎にとっては、すぐに忘れてしまえることではなかったのである。

四

留松が〝丹波屋〟を去った翌日。

勤めの帰りに浅太郎は、お夏の居酒屋に立ち寄っていつもの炒り卵を買い求めた。

その日は珍しく番頭が浅太郎をそっと呼んで、

「留松がいなくなった分、大変だろうねえ」

そんな風に声をかけてくれた上に、

「お前も通い奉公で、もう一人前の男なんだから、たまには帰りに一杯やっておいで」

と、小遣い銭までくれたのだ。

その銭ですぐに炒り卵を買うとは、いかにも浅太郎らしいが、それでは番頭を騙《だま》したことになるような気がして、

「小母さん、番頭さんに、たまには帰りに一杯やっておいでと言われたから、一杯だけ飲ませておくれよ」

彼は初めて酒を注文した。

ちょうどその時、店には口入屋の若い衆、力仕事の常連達はおらず、

「そいつはいいねえ。やかましい連中が来る前に、一杯やっておいきよ」

お夏は冷やかすでもなく、ニヤリと笑って炒り卵にかかると清次を促した。

「はいよ……」

清次はすぐにちろりと小ぶりの湯呑《ゆの》みを、浅太郎が腰掛けた床几《しょうぎ》の上に置くと、よく炒った田作を小鉢に入れて添えてやった。

「これは田作だね？」

「ああ、酒だけじゃあつまらねえから、ちょいとつまんでおくれよ」

「お代は？」

「酒代に含まれているから、気遣いはいらねえよ」

「そうかい、ありがとう……。うん、これはうまいね……。ああ、酒を飲むと、ふらふらっとなるね……」

「初めて飲んだわけじゃあねえだろ？」

「ああ、お店《たな》で振舞酒をよばれる時もあるし、おっ母さんが飲ませてくれる日も、たまにはあるからね」

浅太郎は、田作を嚙《か》み締めて酒を飲み、すぐによい調子になってきた。

浅太郎のそんな姿を見るのは初めてであったから、清次も嬉しくなって、

「もっと食べるかい？」

と、田作を足してやった。

「へへへ、すまないねえ……」

いつもの愛想笑いが出たが、清次とのやり取りで出る笑いは、不思議と人の目には不気味に映らない。

心を許すと笑いにも丸みが出るということなのであろうか。

「清さん……」

浅太郎は、ほろ酔い加減で気も大きくなったのだろうか、さらに清次に問いかけた。

「何だい？」

問い返す清次を、お夏は卵を炒りながらちらりと見た。浅太郎がこんなに喋るのは初めてであったからだ。

「清さん、へへへへ、笑わないかい？」

「笑わない方が好いなら、笑わねえよ」

「へへへ、そんなら笑わないで聞いておくれよ」

「わかった」

「おっ母さんはおれに、喧嘩《けんか》はしちゃあいけないと言うんだよ」

「おれもそう思うよ」

「うん。だからおれはいつも笑っているんだけど、もし喧嘩をしたら、ひょっとしたらなかなか強いかもしれないと思うんだよ。清さんはどう思う?」

「強いだろうね」

「本当かい?」

「ああ、お前さんは力仕事で毎日体を鍛えているし、好い体付をしている。痛い目に遭うのには慣れているから、ちょっとくれえ殴られたって応えねえはずだ」

「ああ、そいつは清さんの言う通りだ」

「そんならお前さんは、喧嘩は強いはずさ」

「でも、おれにできるかな?」

「誰だって手足を動かせばできるよ」

「そうだな……」

浅太郎は嬉しそうな顔をしたが、すぐに首を横に振って、

「いや、だからって喧嘩はしないよ。もし、喧嘩をしたらどうなるって話さ」

お夏は炒り卵を折箱に詰めて、浅太郎に渡すと、

「物騒な話をしているじゃあないか。誰か頭にくる奴がいるのかい？」

少し詰《なじ》るように言った。

「へへへ、頭にくる奴はいっぱいいて、誰が誰だかわからないよ」

「ははは、そいつはお気の毒だね。喧嘩なんてものは、好い気になってするもんじゃあないよ。身内や仲間を守らなきゃあならない時にだけするものさ」

「うん、わかったよ。小母さん、そいつをよく覚えておくよ」

浅太郎は神妙に頷《うなず》いた。

お夏はそれを見て、

「ああ、こいつはあたしとしたことが、わかったような口を利いちまったよ。ふふ、あんたは強い男だから、怪我《けが》をさせないように気をつけるんだね。さあ、ぐっと飲んじまいな」

少し照れくさそうに笑った。

「ああ、おっ母さんが待っているからねえ」

浅太郎は、お夏と清次に強いと言われて、またひとつ頷くと、美味《うま》そうにちろり

の酒を飲んだ。

お夏は清次と顔を見合わせた。

愚鈍で薄気味悪いと馬鹿にされてきたが、決して人に敵意を向けたことのなかった浅太郎が、こんな話を清次にするとは――。

いよいよ堪《こら》えられぬ怒りが湧いてきたのではなかろうかと、胸騒ぎを覚えたのだ。

いくら客の日常を詮索せぬのが店の流儀とはいえ、浅太郎だけに気になる。

そして浅太郎は確かに怒っていた。

昨日、留松が腹立ちまぎれに、

「お前のおっ母さんもおれと同じ目に遭ったんだよう」

などと主の隆右衛門にひどい目に遭わされたと言ったことが、浅太郎の胸の内にずっと引っかかっていた。

番頭は、留松の言うことなど真に受けるなと取り合わなかったが、浅太郎にしてみれば、母のことだけに、そのままにしておけなかった。

それゆえ番頭が去った後、〝丹波屋〟の古株の奉公人の一人である由二郎《よしじろう》という四十絡みの下働きの男を捉まえて、

「由さん、ちょっと訊きたいことがあるんだけど……」

と、件《くだん》の疑問を投げかけてみた。

すると由二郎は、先ほどの留松の声が聞こえていたのか、

「留松が言ったことなどどうっちゃっておきな」

と、面倒そうに応えた。

この由二郎、首が繋がってはいるものの、留松と同じような悪癖の持ち主で、何度も酒で仕事仲間と諍《いさか》いを起こしていた。

留松とは仲が悪かったが、浅太郎に辛く当る点では同じようなもので、馬鹿だののろまだのと虐げられてきた。

それでも下働きの仲間内では、留松が出て行った今は最古参で、あれこれ昔のことを知っていそうであったから、浅太郎は面倒がられたとて彼に訊ねてみようと思ったのだ。

「でも由さん、そんなことを言われたら、おれも気になるよ」

と、食い下がると、

「留松も余計なことを言いやがって……」

由二郎は顔をしかめながらも、すぐに意地の悪い表情となって、

「まあ、ひでえ目に遭わされたってほどのもんじゃあねえさ」

皮肉な物言いをした。

「てことは何かい。留さんがひどい目に遭わされたと言ったのは口から出まかせだったと？」

浅太郎が訊ねると、

「ふふふ、まあ、お前にはわからねえだろうなあ。ひでえ目に遭ったといやあそうだし、うまく立廻《たちまわ》ったともいえるぜ」

からかうように言った。

浅太郎にはまるで意味がわからず、

「どういうことだい？」

さらに訊ねたが、

「だからよう、お前のおっ母さんも、それなりに好い想いをしたんじゃねえかってことさ」

由二郎は、ニヤニヤするばかりで浅太郎にまるで取り合わない。

「由さん、わからないよ。頼むから教えておくれよ」

尚も縋《すが》ると、彼は浅太郎を邪険に振り払い、

「うるせえ野郎だなあ。お前は旦那を好い人だと思っているのだろう」

「ああ、それは……」

「だったら深く問わねえことだ。おかしなことを口走って、おれも留松の二の舞になっちゃあつまらねえからな」

由二郎は薄笑いを浮かべるばかりであった。

「由さん……」

「やかましいやい！　お前みてえなのろまはよう、何も考えねえで死ぬまで働いていりゃあいいんだよう！」

仕舞には浅太郎を突き倒して、仕事に戻ったのだ。

由二郎が何か知っているのは、浅太郎の目から見ても確かである。

思わせぶりな物言いをして、あげくに頼ってきた若者を突き倒すとはどういう了見なのであろうか。

言わぬなら、捕まえて突き倒し、詳しく喋るまで締めあげてやる――。

浅太郎は遂に怒りを覚えた。

今日も、由二郎は何ごともなかったかのように浅太郎を仕事場で嘲笑《あざわら》い、何か話しかけようとすると、

「お前に話すことなんて何もねえよ」

邪険に追い払うのであった。

その様子を見た番頭が、馬鹿も思い詰めると何をしでかすか知れぬと感じ、件の小遣い銭となったのに違いなかった。

そうして浅太郎は、お夏の居酒屋に立ち寄って、

――もしやおれは喧嘩をすれば強いのかもしれない。

と思い、清次に問うてみたのだ。

怒りに震えたことなどほとんどなかった浅太郎であった。

どんな時でも人に愛想よくして、争わぬようにするのが、母・おせきと自分にとっては何よりの世渡りだと信じてきたからだ。

怒ったとて、のろまな性質《たち》が変わるはずもなかった。

だが、それほどまでにして守ってきた母親を貶《おとし》めるような奴は許せない。

後から後から湧きあがってくる怒りが、浅太郎に力を与えていた。

それを感じた時、決して自分は弱くない。のろまであっても、戦えば負けないという強い想いが生まれたのだ。

その想いをぶつけられるのは、お夏と清次だけだと、浅太郎は本能的に感じた。

すると二人は、決して自分は弱い男ではないと認めてくれた。彼にとっては何よりも自信になることであった。

そんな浅太郎の想いが透けて見えるだけに、お夏と清次は余計な口を利いたかと不安を覚えたのだが、浅太郎は酒を飲み終えると、

「小母さん、清さん、ありがとう！」

漲《みなぎ》る力を内に秘め、元気に居酒屋を出たのである。

五

さらにその翌日。

浅太郎は仕事が終ってから、〝丹波屋〟の裏手に佇《たたず》んでいた。

お夏の居酒屋で酒を飲み、男としての自信を得た浅太郎であったが、炒り卵を持って家に帰ってからは、母・おせきに何も訊けぬままに朝を迎えた。

思いもかけず大好物の炒り卵を持ち帰った浅太郎に理由を問えば、番頭が気を遣ってくれたとのこと。

おせきにとっては、炒り卵よりも息子の苦労を番頭が見てくれているのが何よりも嬉しくて、

「そうかい、それはよかったねえ。お前もしっかりと勤めてきた甲斐《かい》があったというものだね」

声を詰まらせて喜んでくれた。

そうなると、その日もやはり、留松と由二郎から聞かされた話が気になりつつ、隆右衛門にひどい目に遭わされたことが本当にあったのかとおせきに訊けなくなった。

となれば由二郎に訊くしかない。

由二郎はいつも仕事場で、若い衆に太平楽を言って悠々と裏手に出て来る。

彼もまた通い奉公で、そこから近くの裏店に帰って行くのだ。

「おう！　お前らしっかりやれよ！」

今日も誰かを叱りつけながら、由二郎は出て来た。

浅太郎はつかつかと近寄って、

「由さん、今帰りかい？」

と、声をかけた。

「ヘッ、何でえお前か、まだうろうろしてやがったのか」

由二郎は、あからさまに嫌な顔をした。

「やっと勤めが終って出てみれば、そこに馬鹿面《づら》があったとはついてねえや」

それほど弁が立つ男ではないが、こういう憎まれ口だけは次々と口をつくのが不思議だ。

「ちょいと教えてもらいたいんだ」

浅太郎は淡々と訊ねた。

「何のことだよう」

「この前、訊ねたことだよ」

「ああ、へへへ、お前のお袋のことか」

「何か知っているんだろう？　気になるよ」

「ふん、のろまが一人前に気にするんじゃあねえや」

「のろまでも、おっ母さんのことは、そりゃあ気になるよ」

「何も知らねえよ。そこをのきやがれ」

由二郎はまた浅太郎を突きとばした。

「ちょっと待っておくれよ……」

浅太郎は引き止めた。

お夏と清次から、自分は弱い男ではないと言われていたが、初めから由二郎と喧嘩をする気はない。

居酒屋では、二人からも無闇に喧嘩などするものではないと言われていた。

だが、いざ喧嘩になっても後れはとらないという自信が、浅太郎を落ち着かせ、大胆にしていた。

「由さん、頼むよ……」

浅太郎は、ぐっと由二郎の利き腕を摑《つか》んだ。

「痛《いて》え……。手前《てめえ》、何しやがるんだ。放しやがれ！」

由二郎は咄嗟《とっさ》に腕を振り払うと、浅太郎に平手打ちをくれた。

「知らねえと言っているだろ。ふん、あの汚らわしい女のことなどよう」

由二郎はさらに嘲笑った。

「汚らわしい女……？　誰のことだい……」

「馬鹿でものろまでもわかるだろう。おせきのことだよう」

「何だと……」

「何でえ怒ったのかい。こいつはおもしれえや。お前のお袋は、身持ちの悪い汚らわしい女だと言ったんだよう！」

浅太郎の五体に熱い血が駆け巡り、それが頭の中で暴れ回り、たちまち彼を狂気に陥れた。

お夏は喧嘩というものは、

「身内や仲間を守らなきゃあならない時にだけするものさ」

と言った。

それなら今こそその時だ。

頭の動きが鈍い浅太郎であったが、母を貶められた怒りは、たちまちのうちにあらゆる言葉を思い出させたのである。

由二郎が浅太郎を殴ったのはこれが初めてではない。

赤く腫《は》れた頰に手を当てもせず、呆然と立ち竦《すく》む浅太郎に、

「手も足も出ねえくせに、おれを怒らせるんじゃあねえや」

と吐き捨て、由二郎は歩き出したのだが、

「お前こそ……。おれを怒らせるんじゃあない！」

ぞっとするほど乾いた声を発したかと思うと、浅太郎は狂犬のごとく由二郎に襲いかかった。

「な、何だ、やるってえのかい……」

その言葉が終らぬうちに、由二郎の頰が鈍い音をたてた。

浅太郎がお返しに張り手を食らわせたのである。

その凄《すさ》まじい一撃に、由二郎は、飛ばされるように倒れた。

「おっ母さんのことを馬鹿にするな！」

浅太郎は倒れた由二郎の体を踏みつけた。

顔を殴り過ぎると、傷や腫れが目立って人に知れるからと、由二郎はいつも顔を

はたくと、腹や足を殴ったり蹴ったりした。

浅太郎は、喧嘩でも素直に年長者のすることを見習ったのだ。

「あ、浅太郎……、落ち着け、おれが言い過ぎた……」

浅太郎がこれほどまでに強いと思っていなかった由二郎は悲鳴をあげた。

浅太郎は馬乗りになって由二郎を締めあげると、

「さあ言え。おれのおっ母さんが、旦那様にひどい目に遭わされたっていうのはどういうわけなんだ」

ずっと頭の中で引っかかっていた疑問をぶつけた。

「いや、それは……」

「言えよ。言わないと絞め殺すぞ……」

日頃は気味の悪い愛想笑いを浮かべている浅太郎が初めて見せる憤怒の形相は、さらに不気味で恐ろしかった。

「わ、わかった。おれが言ったとは誰にも言わねえでくれ」

由二郎は喘《あえ》ぎつつ、

「お、お前のお袋は、昔、今の旦那とできちまったんだよ……」

「できちまった？」

当時、女中奉公していたおせきに、隆右衛門が手をつけたと言う方が正しい。

しかし、今の浅太郎にそのような物言いをすると、何をしでかすかわからない。

それゆえ由二郎も言い方を考えたのだ。

「だからその……、そうだ、恋仲だったってことよ……」

「惚《ほ》れ合っていたってことかい？」

「まあ、そういうことだ。おれは詳しくは知らねえが、そんな話を聞いたのさ」

「惚れ合っていたら汚らわしいのかい……」

「い、いや、だからそれはおれが言い過ぎた。お前のお袋さんは、あの頃、皆に惚れられていた。それなのに旦那とできちまったから、皆がやっかみで悪く言ったのさ」

「そうか……」

浅太郎は思いもかけぬ事実を突きつけられ、たちまち勢いが萎えてしまった。

その頃の状況はよくわからないが、大店の若旦那と女中の恋など、認められるはずもないのは浅太郎にもわかる。

おせきは留松のように、店から追い出されて、以前からおせきを見初めていた、定斎屋の嫁となったのであろう。

そういう意味なら、留松が言った、おせきは自分と同類で、ひどい目に遭ったという言葉にも納得がいく。

「浅太郎、これで勘弁してくんな……」

由二郎は下手に出た。彼にすれば馬鹿を怒らせたら殺されると恐怖を覚えたのであろう。

「わかったよ」

浅太郎は由二郎を放した。

「なあ浅太郎、今の話は内緒にしてくれよ。おれ達が喧嘩をしたこともな」

由二郎は浅太郎を宥めるように言った。

日頃から馬鹿だの、のろまだのとこき下ろしている浅太郎に、為す術《すべ》もなく叩きのめされたとなると由二郎の沽券《こけん》に関わる。

また、この後も浅太郎に皆の見ている前で叩き伏せられても困るゆえ、ここは宥めておくしかなかったのだ。

それに隆右衛門の秘事については、日頃から固く口止めをされてもいた。

「そうだね。わかったよ。ひどい目に遭わせてすまなかったね……」

浅太郎はいつもの純朴な表情に変わっていた。

「いやいや、おれもひでえことを言っちまったよ……」

由二郎は体を引きずりながら立ち去った。

「おっ母さん……」

そんなことがあったのか。

だからおせきが体を壊して途方に暮れた時、〃丹波屋〃の先代が、浅太郎を雇ってくれたのだ。

そして、店の者達がどうも自分によそよそしかったのは、ただ愚鈍だからではなく、そんな母親の経緯《いきさつ》を聞き及んでいたからなのかもしれない。

おせきは浅太郎の父親である亡くなった定斎屋の亭主の手前、昔のそんな恋模様については一切口にしなかったのであろう。

恋仲だった人と引き離されて、母は随分辛い想いをしたのに違いない。

そう思うとすぐに母の顔を見たくなった。

こんな話は黙っておこう。話せば母を哀しませるだけだ。

浅太郎は駆け出した。

行人坂《ぎょうにんざか》を上ると、彼はまずお夏の居酒屋を覗《のぞ》いて、愛想笑いを浮かべて目が合った清次を手招いた。

「浅さんじゃあねえか。どうしたんだい？」

「清さん、小母さんの他は誰にも言わねえでおくれよ」

「わかった。何があったんだい？」

「喧嘩をしてしまったんだ」

「そうなのかい……？」

「おっ母さんのことを馬鹿にした奴がいたんだ」

「そいつは許せねえな」

「そんな時は喧嘩をしたっていいよね」

「ああ、おれは好いと思う。うちの女将さんもそう言いなさるだろう」

「それならよかった」

「で、どうだった？」

「ぶっとばしてやったよ。へへへへ、小母さんと清さんのお蔭で強くなったよ。ありがとう。それじゃあ……」

浅太郎はそしてまた走り去った。

見送る清次の傍へお夏がやって来て、

「聞いていたよ。喧嘩したのを報せに来たようだね」

「へい、律儀なもんで……」

「だが、手前《てめえ》の強さを覚えてしまったねえ……」

ぽつりと言ったお夏の言葉に、清次は思わず腕組みをしていた。

六

お夏が言うように、自分の強さに目覚めた浅太郎であったが、〝丹波屋〟での扱いも由二郎との喧嘩以来がらりと変わった。

浅太郎はそれについては一言も口にしなかったが、由二郎が浅太郎に対して一目置くようになったので、それにつられて彼を馬鹿にしなくなったからだ。

自分に自信を得た浅太郎は、今までの愛想笑いの気味悪さがなくなり、朴訥《ぼくとつ》でにこやかな印象の男に変わっていったので尚さら周囲の目も違ってきたと言える。

しかし、浅太郎の母への愛情と、物を見る目の純朴さはそのままであった。

彼は由二郎から聞き出したことについては、母・おせきに何ひとつ問わなかったが、今まで知らなかった母の悲恋を知って、ますます労りの想いが強まっていた。

おせきが息子の変化に気付かぬはずがなかった。

立居振舞が堂々としてきて、

「おっ母さん、おれが付いているよ」

という言葉も頼もしかった。

それでほっとしたわけでもないのだろうが、おせきは体調を崩して寝込んでしまった。

浅太郎もこれにはうろたえてしまって、お夏の居酒屋に炒り卵を買いに行った時に、母の病状を憂えた。

そこで居酒屋の常連である医師・吉野《よしの》安頓《あんとん》が診立てたところ、

「今まで張り詰めていたものが解けて、かえって体に疲れが押し寄せたのであろう」
と言う。
安静にしていれば、すぐによくなるであろうから心配することはない――。
とはいえ、このところは元気を取り戻していたおせきが臥《ふ》せってしまったので、
浅太郎は奮起した。
自分に自信が生まれただけに、何かしてやらねばならぬと思ったのだ。
安頓は、
「元気付けてやればよろしい」
と言った。
無い智恵を絞った末に、浅太郎はひとつのひらめきを得た。
だがその考えは、余りにも的外れなものであった。
〝丹波屋〟の裏手の一隅に、小さな稲荷社がある。そこへ主の隆右衛門が思い出し
たように現れて参る時があった。
浅太郎はその瞬間を逃さず、
「旦那様、浅太郎でございます。ひとつお願いがございます……」

と、前に出て手をついたのだ。

「浅太郎……？」

隆右衛門はきょとんとした顔をした。

ふっくらとした色白の顔は、いかにも生まれながらの坊ちゃんが、そのまま四十になったというところだが、目には無軌道な険が浮かんでいる。

「ああ、そういえばおせきの倅が下働きにいると聞いたが、お前がそうだったのかい」

隆右衛門は何度か浅太郎を見かけていたのだが、顔と名が一致しなかったようだ。いかにこの〝馬鹿旦那〟が家業を顧みていないのかがよくわかる。

「はい、その、浅太郎でございます」

浅太郎の声が弾んだ。隆右衛門がおせきの名を出したのが嬉しかったのだ。

「それで、願いとは？」

隆右衛門は眉をひそめた。

「おっ母さんの具合がよくありません。旦那様が一声おかけくだされば、おっ母さんもほっとしてよくなると思うのです……」

浅太郎は、言ってはならぬことを言ってしまった。隆右衛門は嘆息して、

「ああ、だから親父殿には構わない方が好いと言ったのだよ」

たちまち怒り出した。

「わたしがおせきに一声かけたらどうなるというのだ？　誰がお前に吹き込んだか知らないが、昔の過ちを金にしようったってそうはいかないよ」

「金にする？　旦那様、わたしはただ、おっ母さんが喜ぶと思って……」

「ふん、喜ぶだと？　そんなはずはあるまい」

「いや、昔、おっ母さんは、旦那様とは恋仲だったって聞いたので」

「恋仲だと……？　馬鹿を言うな。あれはわたしの若気の至りというものだ。話はあの時ついていたはずだよ。それを今さらほじくり返そうってのかい」

「そんな……」

隆右衛門は、昔手をつけてしまった女中の倅が、その因果を聞きつけて強請《ゆすり》に来たと思ったのだ。

「旦那様、わたしは決してお金欲しさに言っているわけではないのです」

「さあ、どうだろうな。そのうち、わたしは旦那様の子供なんです、などと言い出

しかねないねえ」

「旦那様……」

そんなことは思ってもみなかった。

だが、おせきと隆右衛門は恋仲などではなかったのだ。ただ隆右衛門が、若い時の悪戯《いたずら》でおせきに手を出したのであろう。

もしや、おせきが隆右衛門の子を孕《はら》んでいるかもしれないと考えて、〝丹波屋〟は手切れ金をおせきに渡して、店を追い出したのに違いない。

恋すれど身分違いで泣く泣く別れた男女とは意味が違ったのだ。

純粋な浅太郎にも、隆右衛門の喋り口調でよくわかる。

――とんでもないことを言ってしまった。

浅太郎がそう思った時、

「おい、誰か！　不心得者がわたしに絡んできて困っているよ！」

隆右衛門が叫んだ。

浅太郎は、自分の想いを順序立てて話せるような男ではない。

「浅太郎！　お前は何てことをするんだ！」

店の者達が五人ばかりやって来て、たちまち浅太郎を隆右衛門から引き離したが、

「いや、おれは絡んだんじゃあないんだ。ただおっ母さんを元気にしたくて……」

口をパクパクさせて、そんなことを言うのが精一杯であったのだ。

元より余分な人手を削る策に出ていた〝丹波屋〟である。先代がおせきの窮状を知り、浅太郎を雇うようにと言ったゆえ、店の下働きをさせたのだが、とうとう浅太郎は母親の過去に気付いたらしい。

そしてそれを主人の前に持ち出すとは言後道断である。先代も既にこの世にない。浅太郎も頭は鈍くとも、このところはしっかりとしてきた感がある。他所《よそ》でも勤まろう。

これ幸いと彼もまた留松と同じく、一両渡されて店を追い出されたのである。

七

「おい、ありゃあ、へへへ、への浅太郎じゃあねえのか？」

お夏の居酒屋で、不動の龍五郎が外を見ながら言った。

「そのようですねえ。こいつは驚いた……」

傍らにいる乾分《こぶん》の政吉《まさきち》が唸《うな》った。

居酒屋の表で、勇み肌の若い衆二人が散々な目に遭っていて、二人を踏みつけにしているのが浅太郎だとわかったからだ。

「お前らは人をからかって、馬鹿にして楽しいのか！」

居酒屋の表を通りかかったところ、二人が浅太郎をからかったようだ。

いつもの浅太郎なら、愛想笑いでごまかして逃げるように通り過ぎるのだが、この日の彼は、生まれてこの方覚えたことのない怒りとやるせなさに、心が荒《すさ》んでいた。

母と二人。誰に迷惑をかけたこともなく、ささやかに生きてきたのだ。

母子して嘲笑われる覚えはない。

その憤りが、己が強さを知った浅太郎を狂わせていたのだ。

「浅さん、もうその辺にしておきなよ」

そこに清次が出張って肩を叩いた。

「清さん……」

浅太郎は、憑《つ》きものが落ちたようにがっくりと肩を落した。

清次はにっこりと笑いかけると、倒れている勇み肌の二人に、

「おう、この居酒屋の前で、うちの客にちょっかい出すんじゃあねえぞ」

と、低い声で言った。

「あ……、ここは……お夏の小母さんの……」

「お騒がせしました……」

二人はあわてて立ち去った。

「浅さん、なかなかやるじゃあねえか。まあ中で一杯やって気を落ち着けなよ」

清次は浅太郎を店に誘った。

浅太郎は神妙な面持ちで店に入ると、

「小母さん、清さん、ごめんよ」

殊勝に頭を下げて、身内、仲間を守るのではなく、自分の気分で喧嘩したことを詫《わ》びた。

そういう生真面目な浅太郎に、店の客達も思わず笑ってしまったが、浅太郎がこれほどまでに狂暴になってしまったのは、いったいなぜなのか興をそそられた。

浅太郎もこの居酒屋に漂う情に引き入れられたか、お夏と清次が問うまでもなく、自分から経緯を余さず述べた。

誰に聞かれたとて構わなかった。

今以上に自分達母子が嘲笑われることはないだろうと、店に漂う人情を頼りに打ち明けたのだ。

店の客達は、浅太郎の話に付合っていれば自分までやるせなくなるだろうと、聞くとはなしに聞いていたものの、やはり黙ってはいられなくなって、

「浅さん、お前はよくやっているよ。お前を追い出すなんて、〝丹波屋〟もどうかしているぜ」

常連の肝煎《きもいり》である龍五郎が声をあげた。

「親方、そう思ってくれるかい」

店の客達からそんな声がかかったことなどなかっただけに、浅太郎は狂喜した。

「ああ、おれは口入屋だ。今のお前ならいくらでも働き口は見つかるさ。婆ァ、お前もそう思うだろ」

こんな時でもいちいちつっかかってくる龍五郎に苦笑しつつも、

「口入屋、頼んだよ」

ここでいつもの口喧嘩もしにくいので、さらりとかわすと、

「浅さん、あんたは強くてやさしい男だ。おっ母さんの具合が悪いなら、今は何も言わずにそっとしておあげよ」

と、諭すように言った。

「わかったよ……。皆、ありがとう……」

浅太郎は、話すだけ話して、すぐに家へと戻っていった。

おせきを放っておいたことが心配になっていた。

「やりきれねえ話だぜ……」

浅太郎が出て行くと、龍五郎はすぐに口を開いた。

これまでは浅太郎のことには触れなかったが、こうなると黙ってはいられなくなったのだ。

「あいつは、どうしようもねえ馬鹿旦那だぜ。あんな奴でも浅太郎の雇い主だと思うから何も言わずにいたが、店を追い出されたのなら構うこたあねえや」

と、目黒の古株である龍五郎が知る、おせきの受難について語り始めた。

「そもそも、おせきには言い交わした男がいたんだ……」

その男が、〝丹波屋〟に出入りしていた定斎屋で、二人は所帯を持つことになっていた。

とはいえ、まだしっかりとした方便《たつき》が立たぬ間は、おせきも〝丹波屋〟の女中を続け、身上が固まってきた頃を見計らって一緒になると決めていた。

その事情を知ってか知らずか、色狂いの隆右衛門はおせきに執心して、ある夜酔っておせきを手込めにしたのだ。

〝丹波屋〟の先代は激怒したが、隆右衛門は、おせきに誘われたのだと言わんばかりで、店の者達も、ひどい目に遭ったはずのおせきに非があったかのような見方をしたものだ。

〝丹波屋〟の先代は、人が心に思うことは抑えつけることが出来ないと、

「嫌な想いをさせてすまなかった」

すぐに定斎屋の男と一緒にさせて、店から出したのだ。

定斎屋は、粂吉《くめきち》という若者であった。

浅太郎の父親であるが、純朴でやさしい男で、〝丹波屋〟の先代のことを分けた

詫びを受け容れ、おせきを慰めさらに慈しんだのだ。

先代は、隆右衛門がおせきを手込めにしたのではないかという噂が立ったと、事実はあくまで隠した。

それが粂吉、おせき夫婦のためだと思ったからだ。

「だが、先代の詫び様を見れば、隆右衛門がことに及んだってえのは知れていらあ。粂吉っていう定斎屋はそれをそのまま受け止めて、おせきと一緒になったんだ。ひょっとして生まれてくる子が、馬鹿息子の子かもしれねえってえのに、それも承知でよう。好い男じゃあねえか……」

龍五郎はしみじみとして言った。お夏は大きく相槌《あいづち》を打って、

「まったくだねえ。そういう好い男は早く死んじまうんだよ。口入屋はきっと長生きするんだろうねえ」

「うるせえ婆ァ！　茶化すんじゃあねえや！」

沈んでいた居酒屋がいつもの二人の口喧嘩でぱっと明るくなった。

だが、お夏の胸の内は、卑劣な丹波屋隆右衛門への嫌悪と、浅太郎の何か思いつめたような目付きに対する不安が渦巻いていた。

八

〝丹波屋〟を追い出されてから十日が経った夜のこと。

浅太郎は、ふらふらと夜道を歩いていた。

彼の目指すところは、大鳥神社の手前にある、小さな庵《いおり》である。

その前の通りは、日が高い間は、社への参詣人、さらに金毘羅《こんぴら》大権現《だいごんげん》社《しゃ》に足を延ばす人達で賑《にぎ》わっているが、夜ともなれば不気味なほど静まりかえっている。

この十日の間。

母・おせきの容体は、よくなったり悪くなったりの繰り返しで、自分が〝丹波屋〟を追い出されたとは言えぬままであった。

居酒屋のお夏も、今は何も言わずそっと見守ってあげたらよいと言っていたから、そのようにしておこうと思ったのだが、初めの三日は、

「お店の番頭さんが、ちょっとの間、おっ母さんの面倒を見てあげたらいいと言ってくれたんだよ……」

と言ってごまかしたが、

「わたしのためにそんなに休んじゃあいけないよ」

おせきにそう言われると嘘もついていられず、朝から出かけて、届け物の帰りに立ち寄ったと言っては母の様子を見守った。

しかし、店を休めたのも、届け物を任されているのも、

「ありがたいことだね……」

と喜ぶ母を見ていると、浅太郎はますますやるせなくなってきた。

〝丹波屋〟の先代は、粂吉とおせきが一緒になった後も、何くれとなく面倒を見て、息子の罪滅ぼしをしたのであろう。

粂吉が死んだ後、おせきが甘酒屋を開いた時も、そっと手を差し伸べてくれたはずだ。

とはいえ、体調を崩し甘酒屋を閉めざるをえなくなった後、浅太郎は下働きで雇ってもらうことになるのだが、

「親切な旦那様だ……」

と素直に思っていた裏には、隆右衛門の愚行が絡んでいるとは知る由もなかった。

「ありがたいことだね……」

　と母は言っているが、先代が亡くなり隆右衛門が跡を継ぎ、憎むべき相手の下で息子が働き細々と暮らしている。

　顔で笑いつつも、心の底では情けない想いをしていたに違いないのだ。

　それを考えると、四十になるやならずの母のやつれた顔を見るにつけ、浅太郎は怒りが湧いてくるのである。

　自分は馬鹿でのろまな男だけに、おいそれと奉公先は見つからないだろうと、〝丹波屋〟の先代は気を遣ってくれたわけだが、母を汚した隆右衛門の下でなど働けるものか。

　追い出されて幸いではないか。

　口入屋の龍五郎親方は、今の自分ならすぐに奉公先など見つかるはずだと言ってくれた。

　他所で立派に勤められたら、母も何より喜んでくれるはずだ。

　——おれは今までのおれじゃあないぞ。あんな人でなしの旦那の影など、おれとおっ母さんから消してしまいたい。

浅太郎の心は前向きな意志に溢れる時と、憎悪の雨に打たれる時とで千々に乱れた。

その錯乱は、次第に浅太郎を狂気に陥れていたのである。

隆右衛門には、母親に一言やさしい声をかけてあげてはもらえないかと頼んだ。

それが大きな勘違いによるものであったことはわかる。

だが、一度は執心した女を、息子を使った強請だとばかりに罵り、まるで黙殺したとは何という薄情な男であろう。

さらに浅太郎に衝撃を与えたのは、自分が、〝旦那様の子供〟だと言い出しかねないと嘲笑ったことだ。

自分は粂吉の子であるのは、顔の似方でわかる。しかし、もしもそこに少しでも疑いがあるとすれば、訪ねてきた己が子供に、あんな無慈悲な応対が出来るものか。

かつていたぶった女の窮乏を一顧だにせず、己は先代の遺産で女あさりを繰り返す。

――あんな奴がこの世にいるだけで汚らわしい。

浅太郎は魔にとり憑かれたかのように隆右衛門の行動をそっと探るようになって

いた。

母にはまだ〝丹波屋〟で働いていることにしてあったから、暇潰しにちょうどよかった。

そのうちに、あれ以来隆右衛門が、件の庵に数度足を運んでいるのを認めた。町駕籠《まちかご》を近くに止めさせ、いそいそと中へと消えていくのだ。

やがて中から出て来た隆右衛門は、庵の前で提灯《ちょうちん》を何度か振る。

すると遠くから待たせていた駕籠がまた迎えに来る。

となれば、庵から出て来たところを狙えば、あの汚らわしい男を人知れずこの世から消し去ることが出来るはずだ。

馬鹿でのろまな男から、少しは人に一目置かれるようになったものの、思慮深くなったとまでは言えない。

ただ腕っ節では人に負けぬという自負が、浅太郎を妖鬼に変えんとしていた。

その夜浅太郎は、懐に包丁を呑み、庵の前で立ち止まり、隆右衛門が出て来るのを待ち受けていた。

——あの男は、おせきの倅である自分が始末しないといけない。

浅太郎にははっきりとした殺意が芽生えていた。

黒く塗り潰された夜の闇と、厳しく張り詰めた冬の風が、今正に浅太郎を妖鬼に変えたその時であった。

「浅さん、こんなところで何をうろついているんだい？」

と、渋く凄《すご》みのある声が浅太郎を呼び止めた。

浅太郎は、はっと我に返ったものだが、その声には言い知れぬ温かみが籠っていた。

「清さん……」

声の主は、居酒屋の料理人・清次であった。

「いいから早いとこ家へ帰りな」

怒るでもなく、諭すでもなく、清次の言葉はしっとりとしている。

それが浅太郎を鬼から人へと戻してくれたが、彼が陥った魔はなかなか深かった。

「清さん、何も言わずにいておくれよ。おれはこれからしなければいけないことがあるんだよ……」

浅太郎は寝言を呟《つぶや》くかのように言った。

「しなければならねえこと？　気に入らねえ野郎をぶっ殺そうってえのかい？」

「だから、何も言わずにいておくれよ」

「浅さん、お前は弱い男じゃあねえが、さして強い男でもねえ。そう容易《たやす》く人は殺せねえぜ」

「清さんまでおれを馬鹿にするのかい」

「そうじゃあねえ。案じているのさ」

「そこをのいてくれ！」

浅太郎は低い声で叫ぶと、清次に摑みかかったが、気がつくと地面に倒されていた。

「お前は弱くはねえ、だが所詮はこんなもんだ。目を覚ましな……！」

それへ馬乗りになった清次が、浅太郎の頰をはたいた。

浅太郎は清次に殴られて、やっと目が覚めた。

馬鹿にされ、いたぶられ、何度も殴られたが、情が伴う痛みは心地よく、目が開かれることを生まれて初めて知ったのだ。

浅太郎は呆然とした表情となったが、

「浅さん、お前が何をしようとしているかは大方見当がつくよ。やめときなよ。一時の怒りに任せてことを起こしたってろくなもんじゃあねえや。お前が大好きなおっ母さんはどうなるんだい。悪い奴は手前《てめえ》で滅んでいくから、そんな野郎に手を出すこたあねえ……」

清次にゆったりと話しかけられるうちに、体の力が抜けて、正気が戻ってきた。

「清さん……、おれはねえ、おれは……」

浅太郎の目からどっと涙が溢れた。どんなに虐げられても泣かずにきたが、もっと早く泣けばよかった。

心地のよい涙は、心と体からあらゆる汚れや憎しみを洗い流してくれたであろうに。

「さあ、帰ろう。龍五郎の親方が、お前の奉公先を見つけてやるって、張り切っていなさるぜ……」

九

さて、その頃庵の中では、丹波屋隆右衛門が、妙齢の美女と差し向かいで酒を酌み交わしていた。

この庵は空き家であったはずだが、時としてこの美女が借り受けているらしい。

美女は武家の出と思われる墨絵師で、十日ほど前に夜道で俄《にわか》の癪《しゃく》に苦しんでいるところを助けたことで知り合った。

歳は三十を過ぎていると思われたが、しっとりとした風情と肉置《ししおき》豊かな腰つきが、いかにも隆右衛門好みでたちまち虜《とりこ》になってしまった。

墨絵師は謎めいていた。名はふゆといい、このところ目黒の風景を墨絵にせんとして、時折やって来ては庵を借りて宿りとしているという。

金に物を言わせて女あさりをしてきた隆右衛門は、ふゆのような妖しさ漂う武家風は、堪《たま》らなく好みであった。

助けた御礼にと、庵で酒肴《しゅこう》を振舞われると、もう夢中になった。

墨絵師などには庇護者が要るであろうと、焦らず巧みに口説くと、

「貴方様のような御方はさぞや女子から慕われておいでなのでしょうねえ」

「いや、わたしはそのような……」

「いえ、慕われていないというのは嘘になりましょう。わたしは大勢の女子から好かれている殿御にこそ心惹かれまする……」

そういう女達を嘲笑いつつ、自分がその男の寵を一人占めするのがえも言われぬ喜びという。

「それなら、既にふゆ殿はわたしの寵を一人占めしたも同じでしょう」

隆右衛門は喜んで気障《きざ》な台詞を言った。

「嬉しゅうございます……。それならば、貴方様が方々の女子と交わした結び文や起請文《きしょうもん》を、今度お会いした時に残らずお持ちくださりませぬか。そうしてその文を目の前で燃やすのがわたしの何よりの願いにございます……」

するとふゆは、そう言って隆右衛門に身を任せる素振りを見せた。

こうなると隆右衛門はもういてもたってもいられなくなり、自分が今まで方々の女に送ったりもらったりした付文、結び文、起請文、誓書の類いを掻《か》き集めた。

そのどれもが、隆右衛門が金に飽かして女を得んとしたことの証《あかし》であるが、ふゆの目の前でこれらを燃やしてみせ、

「これよりわたしは、ふゆ殿だけに情を注ぎましょう」

と誓えばどうであろう。

さすがは熟した女は恋の仕様もおもしろい。

嫉妬を超えたところに情が湧き立つというのだろうか。文を小道具にするとはおもしろい。

恥ずかしくてとても読めたようなものではないが、すぐに燃やしてしまうのだからよかろう。

それにしても自分自身、男は馬鹿だと思ってしまう。

捨てればよかったものを、女からの文を嬉しがってそっと隠し持っていたとは——。

「ふゆ殿、先だってご所望の女と交わした文の数々、これに持って参りましたぞ」

そしてこの夜、隆右衛門はいよいよ待ちに待った儀式に及び、

「おお、これは嬉しゅうございます。まずこのおびただしい文を眺めながら一献……」

ふゆは妖しく笑って隆右衛門の盃《さかずき》を充《み》たしたのである。

しかし隆右衛門は、ここまでのことしか覚えていない。

この後彼は眠りこけて、ふゆが表に出て提灯を何度か振って駕籠を呼ぶと、

「旦那様はお泊まりゆえ、今宵はこれにて……」

と、酒手を弾んで帰してしまったことなど知る由もなかった。

そして謎の女・ふゆもいつしか消えていた。

隆右衛門もとんでもない女に執心したものだ。ふゆの正体は、言わずと知れた居酒屋お夏であった。

庵のある通りは、朝になると俄然《がぜん》賑やかになるのだが、隆右衛門が眠りこけて迎えた朝は、特に庵の前に人だかりが出来ていた。

通行人の目を捉えたのは、庵に続く小路の脇に立つ樹々に、何枚もの文が小釘で打ちつけられている風景であった。

「何でえこれは……」

その文はいずれも隆右衛門が女達に送った艶書で、読んでいて恥ずかしくなる拙い文章で綴られてあった。女を金で釣る隆右衛門の不粋な手口がこれを一読すればよくわかる。

「ははは、こいつはいいや！」

見物人達が読みつつ奥へ進むと、やがて戸が開け放たれた庵の一間で布団にくるまって眠りこけている隆右衛門の姿が現れた。

天井からは、

〃丹波屋に　馬鹿につける薬なし〃

と、大書された掛け軸が垂らされてあった。

見物人達はここへ来て腹を抱えて笑い転げた。

それに目を覚ました隆右衛門が、悪い夢を見たかと立ち上がろうとしたが、手足を縛られていて身動きがとれない。

「た、助けてくれ！」

何とか布団から転がり出た隆右衛門であったが、その姿たるや下帯の上に女物の長襦袢《ながじゅばん》をだらしなく着ただけで、見物人達の笑い声はさらに大きくなった。

通行人達は、これほどまでにおもしろい見世物はない、すぐに終らせるのは惜しいとばかりに、助けもせずに笑うだけ笑って立ち去った。

いかに隆右衛門に人気がなかったかというのがわかったと言えるが、大笑いしている者の中には、浅太郎の姿もあった。

清次が呼びに来てくれたのだが、昨夜《ゆうべ》は気がおかしくなり包丁を持って辺りをうろついていたのが嘘のように、浅太郎は笑い転げた。

「浅さん、どうだ。馬鹿な野郎は手前《てめえ》の方から滅んじまうだろ」

「まったくだね、清さん。これじゃあ、恥ずかしくてもう外へは出られない。死んだも同じだね」

「ああ、お前の言う通りだ。よかったねえ、あの馬鹿の店を出てよう」

「うん、よかったよ……。ははは、それにしてもおかしいねえ……、ははは……」

浅太郎の笑いは、もう気味の悪いものではなかった。軽快にして屈託のない、堂々たる青年のそれであった。

「浅さん、この笑いを持って家へ帰んな。おっ母さんの具合もよくなろうよ」

「そうかな」

「ああ、きっとよくなるさ」

「清さん、ありがとう！」

浅太郎は一皮むけた。どんな愚鈍な者にだって成長はあるのだ。駆け出す姿にも以前のようなおどおどした様子は見られない。

見送る清次の傍らにいつしかお夏の姿があった。

「清さん、ちょいとお仕置が過ぎたかねえ」

「いや、目黒中を笑わせてやりやしたぜ」

「ふふふ、あとは口入屋が浅さんの奉公先を見つけてくれるのを待つばかりだねえ」

「親方は、品川台町《だいまち》辺りに好いところが見つかりそうだと言っていやしたぜ」

「そうかい。あの親方も面倒な奴だが、口入屋としては大したものだからねえ」

「ただ、そこだと住まいを移さねえといけませんかねえ」

「この辺りからはちょいと遠いからねえ」

「でも、時折、炒り卵を買いに来るくれえなら、どうってことはありませんや」

「念のため、拵え方を教えといてやるかい……」

通りは相変わらず、目黒の住人達の笑い声に包まれていた。

第二話　雑煮

一

その日、幸助《こうすけ》は久しぶりに息子の和太郎《かずたろう》と家で夕餉を共にした。

いつもならば息子が訪ねてきたとて、むっつりとした顔で二言三言言葉を交わすだけで別れてしまうのだが、

——ちょうどよいところに訪ねてきやがった。

と、思えたのだ。

幸助は神田須田《すだ》町に住まいを持つ筆師である。

表長屋の一軒に小さな作業場も備えているのだが、彼は長年近くにある老舗の筆店〝和毛堂〟の職人として勤めてきた。

腕の好い職人だったので、自分で若い職人を抱えて独り立ち出来たのだが、〝和毛堂〟の主人・仙右衛門《せんえもん》に、

「幸さん、お前はおれの傍にいて、職人達の束ねになっちゃあくれねえかい？」

と、予々《かねがね》言われていたので、そうする間もなく暮らしてきた。

仙右衛門の父である先代の主に弟子入りした幸助は仙右衛門と兄弟のように育ってきた。

自分の腕を認めて、幸助さえいてくれたら、〝和毛堂〟の先行きも安泰だと言ってくれたのである。老舗の筆店にあっては、そういう生き方も意義があると思ったのだ。

ところが、その仙右衛門は幸助が五十になるのを待たずに病に倒れ、帰らぬ人となってしまった。

店は仙右衛門の息子が継いだ。

幸助から見るとまだまだ頼りないが、齢《よわい》三十となり、〝和毛堂〟の当代として恥ずかしくない腕を備えている。

「小父《おじ》さん、この先も親父同様、おれを助けておくんなさい……」

そう言われ、兄と慕った仙右衛門への恩義をその子のために果さんとしたのだが、新たな体制となった〝和毛堂〟において、幸助は既に浮いた存在であった。

二十歳になるやならずの息子が跡を継いだわけではない。当代にも筆師としての信念と、店主としての見識は十分に出来上がっているのだ。

幸助は次第に自分の居場所がなくなっていくことに気付いた。

先代となった仙右衛門亡き今、潔く身を引くべきだと悟った彼は、その由を申し出た。

当代は幸助の気持ちをありがたく受け止めたが、長年の功労者であり、まだ五十になったばかりの幸助の腕を惜しんだ。

話し合った結果。

今さら若い職人を集めて独り立ちする意欲もない幸助である。

この先は悠々自適の暮らしを送りつつ、五日に一度は店に顔を出し、求めに応じて助言をし、忙しい時は手伝うこととなった。

だがこれは、〝和毛堂〟は功労者を手厚く遇するという体裁を世間に示したもので、幸助にとっては、

――けッ、まだまだ体は動くってえのに、隠居暮らしかよ。

という空しい日々の始まりであった。

そして一月《ひとつき》が経ったある日、夕方になって倅の和太郎が訪ねてきたのである。

倅とは仙右衛門の葬儀で顔を合わせて以来である。

和太郎もまた筆師なのだが、あれこれとあって、彼は目黒の〝大和屋〟という筆店で修業した後、先頃独り立ちをした。

この〝あれこれ〟が、父子の間にちょっとした影を落しているのだが、

「おう、何か用かい？」

「用がなくちゃあいけねえのかい」

「近くに届け物でもあったのか」

「まあそんなところさ。稲荷ずしをもらったから持って来たよ」

「一人じゃ食いきれねえから手伝えってかい」

「まったく憎たらしいおやじだねえ」

今の和太郎は、何かと喧嘩腰の幸助をさらりと受け流せるだけの余裕も備わり、
そこは血の繋がった父子であるから、稲荷ずしで一杯やるくらいの付合いは自《おの》ずと

出来るようになっていた。

「ほらよ、ちゃあんと酒も買って来たんだよ」

「酒くれえ、うちにも置いてあるよ」

幸助は相変わらず素っ気ない返事をしたが、今日はこれから食べに出るのも億劫《おっくう》で、もうこのまま酒でも飲んで寝てしまおうかと思っていたところであったから、内心ではありがたかった。

息子になら少々憎まれ口を利いたとて許される。気を遣わなくてもよいのが楽であった。

――ひとまず迎えてくれてよかった。

和太郎はそれなりの手応えを覚えて、家へ上がると、てきぱきと稲荷ずしが入った包みを広げ、茶碗《ちゃわん》に徳利《とくり》の酒を注ぐと、

「ご苦労さま……」

と、掲げてみせた。

「苦労なんてしてねえよ」

幸助はむっつりとして、まず酒を口にした。

「お店には顔を出しているんだろ？」

「顔を出しただけじゃあ疲れねえさ」

「ちょっとくれえ手伝ってやりゃあ好いじゃあねえか」

「ふん……」

幸助は何か言おうとして口を噤《つぐ》んだ。

今日は〝和毛堂〟へと出かけて、作業場で職人達の様子を見た。

若い職人達は幸助にあれこれこつを訊ねたものだが、

「こつなんてものがあったら苦労はしねえや」

幸助は叱りつけながらも、

「まあ、これがこつと言えるかはわからねえがよう……」

などと空いている小机の前に座って、さっと毛を整えてみせた。その小机は自分が長年この作業場で愛用していたもので、何やら懐かしさが湧いてきて、幸助に少しばかりやる気を起こさせたのだが、一通り教えて机に向かっていると、

「あの～、ちょいとそこを空けてもらえますかねえ……」

と、今その小机を使っている職人に声をかけられた。

「おう、お前の仕事場だったかい。邪魔したな……」

幸助は苦笑いで席を立ち、職人はぺこりと頭を下げて件の小机に向かった。

「まあ、そのうちこつは見つかるさ。しっかりとな」

そうして幸助は作業場を後にした。

一線を退いた腕利きと、これから筆作りに励む若い職人との頬笑ましい姿に傍からは見えるであろう。

しかし、幸助は言いようのない寂しさを覚えていた。

何かというとしゃしゃり出て来て、偉そうな口を利く年寄りにだけはなりたくない。

その想いが彼を〝ほどのよい小父さん〟にしていた。

そしてそれが自分の信条であるはずなのに、どうもすっきりしないのだ。

とはいえ、目の前にいる息子に、弱みを見せるつもりはない。

愚痴になりかねぬ言葉はそっくり酒と共に飲み込んで、

「ひとまず、お前が稲荷を食うのを手伝ってやるよ」

幸助は、稲荷ずしをつまんで口に入れた。

「うん、こいつはうめえや……」

その一言が、せめてもの息子への感謝の印なのであろう。

——おっ母さんも大変な想いをしていたんだろうなあ。

和太郎はというと、その言葉を呑み込んで稲荷ずしを頬張った。

彼の母で、幸助の女房であったおさよは、この家にも和太郎の家にも住んでいない。

一人で気丈に生きているのだが、夫婦別れしてしまった母の話をするには、まだまだ時がかかると、この息子は思っているようであった。

それでも和太郎は、幸助が今置かれている立場と、決してその暮らしをよしとしていない彼の複雑な感情を理解しているらしい。

「〝和毛堂〟の先代が、あんなに早く亡くなっちまうとはねえ……。親父殿も辛いところだなあ」

少しばかり父の想いを探るかのように言ってみた。

「ああ、こんなに早くあっちへ行かれちゃあ、おれの居どころがねえや」

酒のほのかな酔いと、腹にものが入った幸せが、思わず幸助に本音を口走らせた。

「親父殿は腕っこきだから、おれくれえの職人を見ていると苛々するんだろうな。無理もねえや」

和太郎はここぞとばかりに幸助を持ち上げてから、

「退屈しているなら、ちょいとおれの頼みを聞いてくれねえかい」

と、持ちかけた。

「何でえ、やはり用があったんじゃあねえか」

幸助はしかめっ面をしたが満更でもなさそうだ。

「言ってみろい」

「それが、近いうちに〝大和屋〟の旦那の供をして、大山まで行くことになったんだよ」

「詣《まい》りに行くのか？」

「いや、寺に筆を届けに行くんだが、せっかくだから詣っておこうと言いなさるんだ」

「ふん、つ、い、い、で詣りはよしにしろ。だがまあ行ってくりゃあいいや。それで頼みとは？」

「おれが家を空ける間、留守を願いてえんだ」

「お前の家の番かよ」

「筆師が何たるかを知っている人に頼んでおきてえのさ。目黒は好いところだよ。日の高《たけ》えうちは、辺りをぶらぶらとして気晴らしをすりゃあいいや」

「なるほど……。気晴らしには好いかもしれねえな」

〝大和屋〟の旦那とは面識があるが、今さら顔を合わすのも煩《わずら》わしい。だが、大山へ旅に出ているとなればその心配もない。

目黒不動には何度か行ったことがある。そこから行人坂へ続く道は実に長閑《のどか》であった。

少し足を延ばせば品川台町へ出て、高台に建つ雉子宮《きじのみや》から見る風景は、絵に描いたように美しかった気がする。

顔のささぬところで、のんびりとするのも今までになかったことだ。

幸助はそれから、ああだこうだと言って、和太郎を困らせたが、稲荷ずしを食べ終えた頃には、息子の頼みを聞き入れたのであった。

二

和太郎が出立するのは三日後とのことで、幸助は〝和毛堂〟へ断りを入れて、二日後に目黒へと出かけた。

「まったくあの倅にも困ったものさ」

などと言いながらも、幸助の足取りは軽かった。

目黒での一時が、自分に何かつきをもたらしてくれるのではないか、そうあってもらいたいという期待が生まれていたのだ。

筆店の〝大和屋〟は、目黒不動門前の一隅にあるのだが、独り立ちした和太郎の住まいは、行人坂を上がりきった永峯町にあるという。

早速訪ねてみると、和太郎が通りに出て待ってくれていた。

神田須田町は、日本橋へと続く江戸の目抜き通りにあり、今頃は十一月の顔見世狂言の話で賑やかとなるが、ここはゆったりとして行き通う人にも落ち着きがあるように思える。

和太郎も二十六にしては、冬の風に吹かれて立っている姿に、どっしりとした職人の風情が漂って見えた。

思えば、自分の跡を継がせようとして育てた和太郎を、

「お前はこの先、おれではなくお前の師匠に何もかも教わって、筆師になりゃあいいさ」

と、〝大和屋〟に預けてから十年が過ぎていた。

その頃は、幸助もまだ筆師としての自分に望みがあった。子を教えてばかりなどいられない。いつか修業を終えて、一人の筆師として向かい合った時、

「お前の筆師としての値打ちを、おれが判じてやろうじゃあねえか」

と、和太郎に言い置いて別れたのだが、判じるも何も、もはや張り合うだけの立場にいなくなってしまった自分が滑稽に思えた。

それでも考えようによっては、今の間柄の方が自分を飾る必要もないので気楽ではある。

息子の姿を見ただけで、色々な想いが頭を巡る幸助であったが、和太郎は長い間離れて暮らしていたというのに、まるでわだかまりを見せず、

「迎えに行くと言ったのに、まったく人の言うことを聞かねえおやじだよ」

と言って幸助に近寄ると、身の回りの物を入れた風呂敷包みをひったくるようにして、住まいに案内した。

小体な表長屋の一軒だが、土間を上がったところの仕事場はなかなかに広く、この先二人ほど弟子を侍らせたとて不便はないように思われた。

幸助も家で仕事が出来るようにしてあるが、

「ふッ、独り立ちすると、大したもんじゃあねえか」

小机の上に整然と置かれた道具類を見て、からかうように言った。

「親父殿から見たら、ほんの真似《まね》ごとってところだろうが、まあこんなものさ」

和太郎は頭を掻いて、

「仕事場なんてどうだっていいよ。寝泊まりするところと台所と厠《かわや》を見ておくれよ」

淡々と住まいを見せ、家を空ける時は気をつけてもらっている隣の炭屋の住人達を紹介した。

独り立ちしたのであるから、小僧の一人も置いて番をさせねばならないところだ

が、

「まあ、そんなことも帰ってから考えようと思っているのさ」

今は大事な届け物の筆などは戸棚に入れて錠を下ろしていると言って、和太郎はその鍵を幸助に預けた。

「もうおれに預けるのかい？」

「ああ、今晩からおれは〝大和屋〟に泊まって、朝から旦那と一緒に発つから忘れねえうちにね」

「今晩から〝大和屋〟へ？」

「そう言ったじゃあねえかよう。だいいち、おれと一晩一緒にいたって話に詰まるだろう」

「まあ、そりゃあそうだな」

幸助にとってもその方が楽でよかった。

和太郎は、長年共に暮らしていたかのように話しかけてくるが、幸助はまだぎこちない態度でしか息子に向き合えない。

その辺りも察しての段取りであろうが、幸助に有無を言わせずことを進めていく和太郎は、気がつけば立派な大人になっていた。

親としては喜ばねばならぬのであろうが、大人の男同士としてはいささか疎ましくもあった。

しかし、息つく間もなく和太郎は、

「昼はまだ食っていないだろう。すぐ近くに好い店があるから一緒に食いに行こう。おれが帰って来るまでの間は、その店で食って一杯やっておくれな」

幸助を近くの居酒屋へと誘った。

「そんな好い店があるのかい？」

飯の心配までしてくれていたとは気が利いていると、幸助の顔も綻んだ。

「ああ、安いしうまいし、好きなものをみつくろってくれる、まったく好い店さ。おれはこの店に近いから、ここで独り立ちしようとしたのさ」

「居酒屋が近《ちけ》えから住処《すみか》を決めた？　何でえそれは……」

その居酒屋が、お夏の店であるのは言うまでもない。

目黒でのんびりと気晴らしをしろと勧めた和太郎であったが、それもお夏の居酒屋があればこそであった。

酒と飯がなければ幸助の日常は充たされまい。

離れて暮らしていてもそれだけはわかる。

師匠の息子にして、主人であり兄貴であり、盟友であった仙右衛門の死によって、早過ぎる隠居を選ばざるをえなかった幸助であった。

自分自身、筆師として父と張り合い、心の内で大きく唸らせてやろうと精進していた和太郎にとっても、それは残念な時の流れとなってしまった。

哀れみをもって接すれば怒らせてしまうだろうが、せめて父に元気を与えてやりたかった。

勢いのよい、いつもの親父に戻ってくれねば、父と息子がぶつかり合う楽しみも失せてしまうであろう。

「ちょいとひねくれちまったおやじが通うと思うから、力を付けてやってくれねえかい？」

和太郎はお夏と清次に、前もって幸助について告げていた。

「うちは養生所じゃあないんだから、力を付けてあげられるかどうかは知らないよ」

お夏はいつもの素っ気なさで応えたが、その和太郎の企みごとは、話を聞くうちにさらに深みを増し、お夏の心を捉えていた。

「親父殿、この店だよ。女将はちょいとばかりおっかねえが、それもまた心地が好いから、楽しんでおくれ」

和太郎は、そう言って幸助と居酒屋の縄暖簾を潜った。

「いらっしゃい……」

愛想をするでもなく、客を値踏みするでもないが、幸助を迎える女将の声には実に親しみがあった。

傍にいて包丁を使う料理人は、にこやかに会釈をする。

「何か嫌いなものはありますかい？」

女将はまずそれを訊ねて、

「飯にしますかい、酒にしますかい？　今日は酒と飯ってところですかねえ」

と言った。

和太郎から自分のことは聞いていた、いつまで目黒にいるのですか……、そんな問いかけは一切しない。

通ううちに自ずと言葉を交わすようになり、客について知るようになるかもしれないし、知らぬまま時が流れる場合もある。

それがこの店の流儀だと和太郎は言っていたが、なるほどこういうことかと、幸助は納得した。

昼時も幾分過ぎていたので、店に客は少なかったが、和太郎を知る者は、幸助を和太郎の父と見て、

「こいつはどうも……」

にこやかに声をかけたが、あれこれ話しかけてはこない。

下手に声をかけて話し込むと、

「うちのお客に馴れ馴れしくするんじゃあないよ」

場合によっては女将に叱られるらしい。

――おれのような自分勝手に寂しがる男には、こいつは何よりだ。

和太郎もそれに合わせているのだろうか、父と息子の間に言葉など要らないという風情を醸し、静かに食膳に向かったものだ。

料理は大根と油揚げの煮物、葱に味噌を塗って炙《あぶ》った一皿。これで軽く一杯やっ

て、しじみ汁、香の物で飯を食べる。

十分腹が癒される中食《ちゅうじき》となった。

これらを平げる間に交わした和太郎との会話は、実にとりとめもなく、言葉を交わしたしりから忘れていったが、父親と息子が一杯やってする話などそれでよかろう。

「そんなら親父殿、おれはこのまま〝大和屋〟へ行くから後は頼んだよ」

やがて銭を置いて立ち上がろうとする和太郎を、

「馬鹿野郎、お前におごられるほど落ちぶれてねえや」

幸助はきっと叱りつけると、自分の革財布から銭を取り出し床几の上に並べ、

「いや、うまかった。日暮れてからまた来させてもらうよ……」

と、にこやかに告げたのであった。

三

和太郎と別れてから、幸助は目黒での〝気晴らし〟を大いに楽しんだ。

目黒不動は何度詣でても飽きなかった。

和太郎の家から行人坂を下り、石仏を眺め、田園に囲まれた道を歩むと、やがて門前町の賑わいを覚え、寺に着く。

その頃には、何とも穏やかな心地になるのだ。

そして、その行き帰りには、お夏の居酒屋に顔を出す。

朝は粥《かゆ》、昼はうどん、夕餉は清次がさりげなく出してくれる、焼き物、煮物、湯豆腐に舌鼓を打つ。

幸助のような神田で生まれ育った者は、目黒のような江戸とは思われぬ長閑さを持つところに心惹かれる。

また、片田舎の目黒に日々暮らす者達は、滅多に足を運ばぬ日本橋から内神田の今を知りたがる。

店に集う客は荒くればかりと聞いたが、皆心やさしき者達で飾り気がない。若い頃は喧嘩っ早く、頑固を愛敬《あいきょう》として表す幸助のような職人には、少しだけ言葉を投げ合うのが楽しかった。

和太郎の家の番をして二日目の夜に、お夏が出してくれた雑煮は、幸助の心と体をほのぼのと温めた。

「この店は毎日がお正月みたいなものですからねえ」

と言って、まだ少し食べ足りない時や、小腹が空いた時に、実に好い間合でお夏は出してくれた。

すまし汁に、野菜や、魚の切り身、豆腐や油揚げなどを放り込み、椀によそって焼いた餅をジュッと音をさせて入れる。

考えてみれば別段凝った料理でもないのだが、熱い汁の中で香ばしい匂いをさせた餅が泳いでいるのは、見ているだけで心が癒される。

そして雑煮は幸助の大好物であった。

――まさか和太郎が気を利かせて、ここの女将に頼んでおいてくれたのか。

それが気になって、

「女将さん、この店じゃあ、よく雑煮を出すのかい?」

一度だけ訊ねてみた。

「よくってほどじゃあありませんがね。うちじゃあ残った野菜とかを汁にして、そこに団子を入れたりするんですよ。でも、団子ばかりじゃあ能がありませんからねえ、たまには餅を入れてみようかと……」

お夏は、ただそれだけのことだと、実にあっさりと応えたものだ。

「そうですかい……」

思えば雑煮などは、食べたい時に食べればよいのだ。

そのあたりにある物を鍋に放り込んでみる。

この店のそんな料理の中に、雑煮が含まれているだけなのであろう。

和太郎は風光明媚な目黒の景色を楽しみ、それを気晴らしにするより、お夏の居酒屋で酒食を楽しませてやりたかったのに違いない。

「清さん、雑煮がある時は教えておくれな」

そんな風に頼むと、

「違う具でよければ、毎日でも拵えますぜ」

清次は夕餉の締め括《くく》りに雑煮を必ず付けようと言ってくれた。

――まるで子供だ。おれはそんなに食い意地が張っていたかねえ。

毎日あの雑煮が食べられると思っただけで心が躍る自分に苦笑いを禁じえなかった。

「考えてみれば何だかねえ……。誰にも負けねえ筆師になろうとして、しゃかりきになって、気がつけば道楽のひとつないまま隠居になっちまったよ……」

道楽といえば、仕事仲間と酒を飲んで騒ぐことしか知らずにきた身は、こうなると辛いものだと、幸助は思わずそんな話をお夏にしていた。

「隠居などとは言わずに、ちょいと頼まれてくれませんかねえ」

すると、意外やお夏は幸助に頼みごとをしたものだ。

「おれに頼み？」

首を傾げる幸助に、

「前にちょいとばかり世話になった浪人さんが、お不動さんの近くで絵を描いておいでなんですがね。絵筆の具合が悪いので直してもらいたいそうで……」

と、お夏は持ちかけたのだ。

浪人絵師は、かつてお夏の生家であった小売酒屋の〝相模屋《さがみや》〟で書役を務めていた河瀬《かわせ》庄兵衛《しょうべえ》である。

剣の達人にして、お夏の人助けには今も一役を買って出ているのだが、日頃は絵師を表の顔として暮らしている。

絵筆は〝大和屋〟の物を使っていて、修理や、新しく筆を注文する時は、いつも和太郎に頼んでいた。

ところが、ここ数日和太郎は旅に出ていると知り、

「帰りを待つとするか……」

諦めていたところに、和太郎の父親が逗留《とうりゅう》していると聞き及び、

「ちと頼んでくれぬかな」

と、お夏に話がきたという。

「ああ、そういうことならお安い御用だが、親父とすれば倅に負けられねえから、こいつはちょいと気が張るねえ」

たちまち幸助の身心に気合が込みあげてきた。お夏は小さく笑って、

「そこは親の貫禄で、ちょいちょいとやっつけてやっておくんなさいな」

と、告げたのであった。

――和太郎の奴、こういう尻拭いをさせるつもりで目黒におれを呼びやがったか。

幸助は、してやられたかもしれぬと思ったものの、名所を見物して、お夏の居酒屋で酒食を楽しむ他に、これで、もうひとつの張り合いが生まれた。

しかし、それも息子にとって織り込み済みだとしたら、

――あの若造が、今のおれを哀れんで、奮い立たせようなどと企んだのなら、まったく大きなお世話だぜ。

そんな想いもして、帰ってきたら説教をしてやると、ますます体に熱い血が駆け巡ったのだ。

四

その翌日。

幸助はお夏の居酒屋で朝粥を食べると、

「さて、和太郎の得意先をひとつ潰してやろうかねえ」

含み笑いで和太郎の家へと戻り、河瀬庄兵衛の来着を待った。

絵筆の直しくらい、自分の方から出張っても好いと言ったのだが、庄兵衛もまた気晴らしになるので、訪ねると言ったのだ。

お夏の知り合いであるから、難しい人でもあるまいが、庄兵衛が持って来る筆は、

息子が拵えたものだと思うと緊張してきた。

気晴らしに来たゆえ、道具類は〃和毛堂〃に預けたまま持って来なかった。

改めて確かめてみると、和太郎の使っている道具類は、くし、小刀、はさみなど、手入れも行き届いていて、いかにも使い易そうなものばかりであった。

お夏は絵筆の具合が悪いと言ったが、修理にも色々とある。

状態によっては十日ほどかかる場合もあるのだ。

まず見た上で処置を施し、和太郎に引き継がせることになるであろう。

やがて河瀬庄兵衛がやって来た。

剣をとれば一刀流の達人だが、日頃は着物の上に十徳を羽織り、腰には小脇差だけを差した、穏やかにして洒脱《しゃだつ》な絵師の風情である。

「ははは、幸助殿じゃな、和殿にそっくりじゃ。父子はよいのう」

顔を合わせるや、庄兵衛は矢継ぎ早に話しかけてきて、

「いや、絵筆の毛がずれて参ってな。これは墨絵用の筆ゆえ、墨が穂首の元で固まったのがいけなかったのではないかと……」

早速、持参した筆を幸助に見せた。

幸助はすっかりと庄兵衛に引き込まれて、

「こいつは恐れ入ります……」

ひとつ頭を下げると筆を見つめた。

「仰せの通りでございます。墨が固まっているようですから、穂首を外して毛を捌《さば》いて、何日か水にさらして墨を抜かねえといけませんねえ」

「やはり左様か。和殿の帰りを待っていては、さらに日にちがかかるところであったな」

「へい、そのようでございます。ひとまずこれはお預かりして、和太郎にわたしから申し送りをしておきましょう」

幸助はそのように見立てたが、目には強い光が宿っていた。

この筆は馬の毛で作られているが、実に使い易く出来ている。

命毛は尖《とが》り具合がよく、穂先のまとまりがとれていて、ほどよいこしがある。

墨の詰まりでずれてしまっているが、出来上がりはなかなかに見事であっただろう。

——あの野郎、十年でここまでの筆を拵えやがったか。

同じ筆師として違うところで生きてきた息子の腕を認めたと同時に対抗心が芽生えたのである。

庄兵衛は幸助の目にそれを見てとって、

「そなたの目から見て、倅殿の筆はなかなかのものにござったかな」

称えるように言った。

「はい。親の目から見ても、よい筆師になったかと」

「でござろうな。わたしにとっては真に使い易い筆だ」

「だが、それだけにいけません」

幸助は静かに言った。

「何がいけぬかな」

「和太郎は、先生の許に筆をお届けしていたのでしょう？」

「うむ、時折、筆を届けに来てくれていた」

「筆を届けに行った時に、以前、お納めした筆の様子をどうして確かめなかったのか。それが倅めの不覚でございます」

「なるほどのう……」

売るばかりで何とする。筆師が何よりも気をつけねばならないのは、売った後の筆を見守ることではないのかと幸助は言うのだ。

庄兵衛はしばし思い入れをして、

「倅がいるというのはよいものじゃな」

羨ましそうに言った。

「左様でございますかねえ」

「うむ、わたしは剣術の方も少しばかり修めたが、今、幸助殿を見て、一度でよいから己が血を分けた倅と剣を交じえてみたかったと思えてならぬのだ」

庄兵衛は何度も頷くと、

「まず人は、ないものばかりが欲しゅうなって困る。その筆、よろしく頼みましたぞ」

再びにこやかな表情となり、立ち去った。

「へい。確《しか》とお預かりいたしました……」

幸助は、河瀬庄兵衛のたくましい後ろ姿を目で追いながら、

――あの居酒屋の女将は、顔の広い小母さんだなあ。

そんな感慨にしばし浸っていた。

いったいどのような女《ひと》なのか——。

幸助は預かった筆の穂首を取り除くと、縛り束ねてある糸を切り、毛を水に浸けてこびり付いた墨を何度も洗い流したが、その間も心は居酒屋にとんでいた。

あの店の縄暖簾を潜ってからというもの、ずっと夢の中にいるような——。

息子の和太郎は、ほんの少しの間顔を合わせただけで旅に出てしまったというのに、どうも身近に感じる。

しかもその姿はとてつもなく大きい。

〝大和屋〟に預けた頃の和太郎は、まだ子供であったとはいえ、もう元服はすませていた。

自分の十五、六の頃を思えば、気働きの出来ないのろまな奴で、

「これじゃあ、おれが生きている間には、とても一人前になりゃあしねえや」

と、諦めていた。

諦めは、思い通りにならない疎ましさに変わっていった。

先ほど河瀬庄兵衛は、息子と剣を交じえてみたかったと言ったが、それでたとえ

ると和太郎などは、

「一刀の下に打ち倒せる相手」

でしかなかった。

ところが、その和太郎は自分が〃和毛堂〃の一線から身を引いたと聞きつけるや、決して大事にしてくれたとは言えない父を、何ごともなかったように訪ねてきて、〃気晴らし〃を勧めてくれた。

本来ならば、

「何言ってやがんでえ、お前の家の留守をするほど暇じゃあねえや」

と、頭から突き放していたであろうに、幸助は話に乗った。それは乗らざるをえない気合を和太郎が発していたからに他ならない。

——何てこった。

不肖の倅と口にしてきたが、和太郎はお夏の居酒屋では大人の男として認められていて、色んな人と触れ合っている。

——奴は、おれよりも余ほど世間を知っている。

馬鹿な息子と侮ってはいけない。これからは筆師として、男として真正面から向き合うべきであろう。

だからこそ、河瀬庄兵衛の絵筆の件については、しっかりと意見をしなければならない。

幸助は、再び筆の毛を浸した水を取り替えると、それを水ごと小皿に移し、戸棚に入れて錠を下ろした。

その途端、これからは隠居暮らしで、悠々自適に生きる術もなく老いさらばえていくと諦めかけていた自分に、

――まだまだしねえといけねえことがあるはずだ。

という気力が溢れてきた。

〃和毛堂〃の先代・仙右衛門の突然の死によって、いきなり荒野に一人取り残された気がしたが、望みを捨てずに前へ進めば、必ずや花園に行き着くはずだ。

気がつけば、日が傾きかけていた。

久しぶりに墨抜きに没頭した手は、薄《うっす》らと墨に染まっている。

幸助が、体に点《とも》った気力の炎を消さぬよう、英気を養わんと、出かけた先はやはりお夏の居酒屋であった。

五

他所者の自分が調子に乗って、居酒屋でぺらぺらと喋るのは粋じゃない。

そう思ってきた幸助であるが、居酒屋の女将であるお夏が、常連客達の賑やかな会話に自ら身を投じる時もある。

いつしか客同士の話が大いに盛り上がり、店全体を巻き込んでしまう——。

女将が決してそれを望んでいないわけではないことを、この日幸助は知った。

幸助が店に入ると、口入屋の龍五郎、政吉、車力の為吉《ためきち》、駕籠屋の源三《げんぞう》、米搗《こめつ》きの乙次郎《おとじろう》といった、騒がしい常連がいて、盛り上がりを見せていた。

河瀬庄兵衛は、あれから店に寄って幸助に筆を見てもらったことを告げていて、

「旦那が喜んでいましたよ。お世話さまでしたねえ」

まずお夏が幸助に声をかけると、

「好いねえ、立派な息子に、頼りになる父親……。うん、まったく好い父子だ。羨ましいや……」

龍五郎が、ほのぼのとした口調で続けた。

誰かと息子について話したかった幸助は、清次がすぐに運んでくれた熱いのをくっと口に運ぶと、

「いや、好い父子だなんてとんでもねえ。できが悪いと馬鹿にしていた倅が、気がつけば一人前になりやがって、老いぼれ親父をちょいとばかり立ててくれた。それだけのことですよう」

先ほどから胸の内に溜っていた本音を吐き出した。

「そいつはまた、ご謙遜てやつでしょう」

政吉が龍五郎の横から噛み締めるように言った。

「和さんは好い男ですぜ。人にやさしいし、職人としての腕も好いし、育てた親が好いから好い男ができる。だから、好い父子と呼ばせてもらいますぜ」

この頃の政吉は、言い廻しにもほんのりとした味わいが出てきた。

「それがねえ、わたしは和太郎をきっちりと育てた覚えがねえんですよ」

幸助は立て続けに酒を飲んで溜息をついた。

「何かってえと叱りつけるばかりで、へへへ、まったく今思えば、面目ねえ話でご

ざいますよ……」

幸助は十三の時に、〝和毛堂〟の先々代に弟子入りして、筆師の修業を積んだ。

父親が店の下働きをしていたのが縁であったが、幼い頃から手先が器用であったのを見込まれたのだ。

内弟子として奉公すると、幸助はたちまち頭角を現した。

二年で師匠の息子・仙右衛門と共に、師匠の手足となって働くようになり、十八の時にはちょっとした仕事は一人で任されるようになった。

十年を待たずに通い奉公が許され、軸職人の娘であったおさよとは二十四で所帯を持ち、やがて和太郎を儲けた。

その後は師匠が体の具合が悪くなり、細やかな指の動きがし辛《づら》くなったことで、仙右衛門を助け、〝和毛堂〟を支える職人となった。

やがて和太郎も十二となり、幸助は当然のごとく、息子を自分を超える筆師にせんと、仕事場に連れて行って技を仕込んだ。

ところが、和太郎は自分が同じ歳の頃に出来たことがなかなかうまく出来ない。

幸助はそれが自分の子供だけに許せず、

「和太郎！　何をしてやがる！　そんなことで筆師になれるか！　まったく役に立たねえ奴だ……」

と、厳しく叱責した。

誰もが若い頃は叱られて成長するのだが、父親ゆえの厳しさとはいえ、幸助のそれは度が過ぎていた。

職人の娘であるおさよは、家へ帰ってからも息子に辛く当る幸助に反発した。

「お前さんと和太郎は違うんだよ。叱りつけたからって腕が上がると思ったら大間違いだ」

おさよは、筆師としては一流で、面倒見もよく、女房を大事にしてくれる幸助を慕ってきたが、

「おっ母さん、のろまなおれがいけないんだよ。何も言わずに見ていておくれ」

と、健気に幸助についていこうとする息子が、不憫《ふびん》でならなかった。

「和太郎は何も悪くはありませんよ。わたしの血が半分入っているから、父親のようにはいかないんだ。叱るのならわたしを叱っておくれな」

ある日、家で和太郎に手をあげた幸助に我慢がならずに食ってかかり、

「そんならお前が思うようにしやがれ！」

遂に夫婦が衝突した。

見かねた仙右衛門が間に入り、

「幸さん、お前の気持ちもわかるが、これじゃあ和太郎も二親の間に挟まってかわいそうだぜ。お前がお店を思ってくれるのはありがてえが、筆師になるなら他所で修業させたって好いじゃあねえか」

と、幸助を宥めた。

仙右衛門にしてみれば、息子のことで幸助の腕が鈍っても困るのだ。

確かに修業させるのなら他人に預けた方がよいかもしれない――。

幸助は仙右衛門に言われて得心したのだが、

――おさよの奴、しゃしゃり出てきやがって。

という想いは消えなかった。

「どうせおれは教え下手だ。和太郎はお前に預けるからどこへでも連れて行くがいいや」

遂にそんなことを口走り、おさよはそれならばと、和太郎を目黒の〝大和屋〟へと連れて行った。

すぐに奉公が決まり、和太郎はここに住み込んで修業することになった。

その際、おさよは、

「この先、またお前さんの仕事に口出しをしてもいけないから……」

と言って、幸助の許には戻ってこなかった。

他所に預けたといっても、幸助とおさよはやはり和太郎のことが気になるだろう。

その度にまた、家で夫婦喧嘩が起これば、〝和毛堂〟にも迷惑がかかるし、

「あの人は大した筆師ですからねえ。誰に気兼ねすることなく、職人として生きてもらいたいのですよ」

おさよは、仙右衛門にそのように告げたという。

幸助は居酒屋で、和太郎とのこれまでの経緯を語ると、

「まあ、そんなわけで、和太郎はわたしが育てたわけじゃあねえんでさあ。とどのつまり、わたしも和太郎も別れた女房のお蔭でここまでこられたってところで……」

恥ずかしそうに頭を掻いた。

「なるほど、おさよさんってえのは、好い女だねえ……」

お夏は大きく頷いた。

「へへへ、行き場をなくした今、それがわかったが遅過ぎらあ。和太郎はおさよに似てよかった……」

仙右衛門は生前、父と子が疎遠にならないようにと、時折〝大和屋〟に遣いをやって和太郎と幸助を会わせるようにしてくれた。

それがあったからこそ、和太郎はこの度も気軽に幸助を訪ねることが出来たのだ。

「ここへ来て、目黒不動に詣でて、この店で一杯やって、あれこれ考えてみると、手前《てめえ》ほど人を煩わせて、好き勝手してきた男はいねえと思い知らされましたよ」

幸助はつくづくと言ったが、和太郎の作った筆を見た衝撃で熱くなった胸の内が、ゆったりと冷め、その表情は晴れ晴れとしていた。

「まあ、そんなわけで、和太郎には随分と辛い想いをさせちまいました。どうか倅のことはよろしく頼みます」

幸助は立ち上がって皆に頭を下げた。

龍五郎はすかさず、

「幸助さんこそ、まだまだ和さんに教えてあげられることはあるはずだ。もう一度、父と子として、やり直してみればどうなんです」

分別くさい声で言った。

「へえ、ありがとうございます。それができりゃあ好いが、今さらながらってところでさあ……。いや、色々と話を聞いてもらえて、何やらすっきりとしました」

幸助は穏やかな表情となって店を出た。

残った常連達は感慨深げに、

「和さんのおっ母さんは、今どうしていなさるんだい？」

「品川辺りのお店で、女中奉公をしているとか聞いたぜ」

「和さんがここの近くで独り立ちした時に、一緒に住まないかと誘ったらしいが、断りなさったそうだな」

「しっかり者で、奉公先からも引き止められているとか」

「今の親父さんの話を聞くと、さもありなんてところだな」

こんな会話を始めた。

そして龍五郎が、

「若え頃《わけ》から職人として突っ走ってきて、まだこれからって時に身を引くことになって、今まで見えてなかった景色がいきなり目の前に現れた……、そりゃあ戸惑うだろうな。婆ァ、皮肉なもんだと思わねえかい」

と、溜息交じりに言って、いつものごとくお夏に話を振ってきた。

お夏はしかめっ面で、

「口入屋、無理矢理話を締め括るんじゃあないよ。何が皮肉な話なんだ。そもそも幸せな男が、それに気付いていなかっただけの話じゃあないか」

と、斬り捨てた。

「けッ、お前に訊くんじゃあなかったぜ」

龍五郎はじろりとお夏を睨んだが、すぐにこっくりと頷いて、

「だが婆ァ、お前の言う通りだな……」

ぽつりと言った。

六

翌朝。

幸助がいつものように目黒不動を詣って、家へ戻ってくると、家の中から何やらごそごそという物音が聞こえてきた。

——まさか泥棒が。

そっと覗くと、奥に黒い影が蠢《うごめ》いている。

幸助は戸の脇に立てかけてある心張棒を手にすると、

「やい！　手前《てめえ》は何者だ！　おれは一刀流の免許皆伝なんだぞ！　出て来やがれ！」

戸口で凄んでみせた。

「びっくりさせねえでくれよ……」

出て来たのは和太郎であった。

「何でえ、お前こそびっくりさせるんじゃあねえや。こんなに早く帰るとは言ってなかったじゃあねえか」

幸助は、ほっとして棒を再び立てかけた。

「それが、〝大和屋〟の旦那が、ひとつ仕事を忘れちまっていたのを思い出して、おれが慌てて戻ってきたってわけさ」

「そうかい。そんならおれはこれで用済みってわけだな」

幸助は、寂しいような、それでいてどこかほっとしたような表情を浮かべた。

「いや、まだもう少し頼むよ。旦那が思い出した仕事は急ぐんだ。それでまた〝大和屋〟に泊まり込まねえといけなくなったんだよ」

「なんだ、それで持っていく道具を当っていたのかい」

「そんなところさ。独り立ちしたっていっても、まだまだお礼奉公が続きそうだ。だが驚いたねえ、親父殿が一刀流の免許皆伝だったとは」

「馬鹿野郎、そんなはずはねえだろう」

「ははは、まず元気そうで何よりだ」

「元気そうに見えるかい？」

「ああ、この前、稲荷ずしを持っていった時は、何もやる気がねえような様子だったけど、今日は違って見えるよ」

「そうかい……」

幸助は相好を崩した。何よりももう少し目黒にいて、自分のこれからの生き方を見つめ直したいと思っていただけに、留守を預かる日が延びたのが嬉しかった。

和太郎が旅から戻ってきたからといって、〝もう少し泊めてくれ〟と言えばよいのだろうが、まだそこまでの父子の情を取り戻せていない。

そんな言葉が幸助の口から出るようになるには、まだ時を要するようだ。

「お前がいねえ間、色々と思うことがあってな。まあ、腐ってねえで何かこう、楽しめるものを見つけてみようと……」

和太郎は幸助の変わりように目を丸くして、

「そんな風に考えてくれると、おれも嬉しくなってくるよ。そうだ。その手始めに、これを渡したらどうだい？」

ここぞとばかりに、赤い軸の細筆を差し出した。

「こいつは……、お前が持っていたのかい……」

幸助はその筆を手にして、大きな溜息をついた。

「ああ、どうせ家に置いておいても、親父殿は捨ててしまうと思ったのでね」

その赤軸の細筆は、幸助が女房のおさよのために拵えたものであった。

和太郎に技を教えることにかけては、厳し過ぎた幸助であったが、まったく父親としての情がなかったわけではなかった。

「お父《と》っさん、その筆はどこからの頼まれものだい？」

幸助とおさよが仲違《なかたが》いをして、父子が〃和毛堂〃と〃大和屋〃に分かれる少し前に、和太郎は幸助が密《ひそ》かにこの筆を拵えているのを見かけて訊ねたことがあった。

幸助が、細筆をあまり得意としなかったからだが、その時の父は〃鬼の師匠〃の顔は見せずに、

「恥ずかしいから誰にも言うんじゃあねえぜ。考えてみれば、今まで一度もおさよに筆を拵えてやったことがなかったと気付いてよう」

愛敬のある、少し照れた様子の表情で応えたものだ。

結局その筆は、和太郎の修業を巡って二人が大喧嘩をしたことで、幸助が渡す間もないままに終ってしまった。

和太郎は、それが家にもあった幸助の仕事場の片隅に無雑作《むぞうさ》に置かれているのを見て、そっと自分の仕事道具に忍ばせておいたのだ。

「ふッ、お前も妙な真似をする野郎だなあ。見当らねえから、何かの拍子に捨てちまったと思っていたぜ」

幸助は懐かしみながら、筆をまじまじと見た。

「いつかおれもこんな筆を拵えてやろうと、手本にさせてもらったよ」

和太郎は、別れを惜しむように筆を見ながら言った。

「この筆を手本にか？　もっと他に好いのがあっただろう」

「いや、これは親父殿の心が込められている細筆だからねえ」

「心を込めたってお前、とどのつまりは渡すまでもなく終っちまったわけだ」

「まだ終っちゃあいねえよ。親父殿もおっ母さんも達者でいるし、親子三人共、ちょっとばかし暮らしに余裕ができたんだ。今こそ自分の手で渡しておあげよ」

「ははは、言いてえことはわかるが、手前《てめえ》の手で渡すってことは、おさよに会うってことだろ」

「当り前じゃあねえか」

「今さら会っても、互《たげ》えに気まずいだけさ」

「そいつは会ってみねえとわからねえじゃあねえか」

「おさよは今どうしているんだ」

「このところは会っていないが、品川の旅籠《はたご》で女中をしていたのが、ちょっと前からどこかに奉公先が変わったとか。うん、確かめておくよ」

「それには及ばねえよ」

困った顔の幸助を見て、和太郎はにっこりと笑って、

「とにかくその細筆は返したよ。おれも先を急ぐのでね」

自分の道具を手に、家を出ようとした。

「ああそうだ。戸棚に河瀬庄兵衛先生の筆の穂首が入っているんだ」

件の細筆で、すっかり気が動顚《どうてん》してしまった幸助は、我に返って庄兵衛から修理に絵筆を預かった経緯を告げると、

「お得意先の筆は、頃合を見て検《あらた》めに行かねえといけねえぞ」

ゆったりとした口調で諭した。

「こいつはいけねえ、その通りだ……」

和太郎は素直に頷いて、戸棚を開けて庄兵衛の筆を確かめた。

「ありがてえ、ここまで直してくれていたんだね。こいつも〝大和屋〟へ持っていって、あとはおれが手入れして、河瀬先生に届けておきますよ。やっぱり親父殿に来てもらってよかった……」

和太郎は、穂先を浸した水を捨て、軸と共に丁寧に小箱に収めると、先人を敬う

ように頭を下げてみせた。

「独り立ちはさせてもらったけど、筆師としてはまだまだだなあ」

「いや……」

幸助は引き締まった表情となり、

「お前が先生に拵えた筆は見事なできだったぜ。おれが元気なのは、きっとお前の腕のよさを見て、やる気が湧いてきたからに違《ちげ》えねえや」

真っ直ぐに和太郎を見て告げた。

「あ……」

和太郎は絶句した。

「どうした？」

「いや、誉められるのに慣れてねえから、体が固まっちまったよ」

「何でえそりゃあ……」

「ははは、よかった。笑うと体がほぐれてきたよ。そんならおれは行くから、赤柄の細筆、きっとおっ母さんに手渡すんだよ！」

和太郎は、初めて筆師・幸助に誉められた興奮に浮かれて、家を走り出た。

「おい和太郎！　手渡せったって、お前もおさよが今どこにいるのか知らねえんだろう！　おい……、行っちまいやがった……」

幸助の手には赤い軸の細筆が残された。

この筆はどんな想いで拵えたのであろう。

和太郎を巡って言い争いが絶えなくなってきたので、女房の機嫌を取るつもりだったのかもしれなかった。

だが、おさよも自分の機嫌を直そうと、

「そういやあ、お前さんに筆を拵えてもらったことがなかったねえ」

などと催促がましいことを言ったのかもしれない。

気立てがよく、さっぱりとした女であった。

筆師として一歩前に進めずにいる時は、

「何かを摑む時は、思い切って前に出る、勇気ってものが大事なんじゃあないのかねえ」

などと励ましてくれた。

おさよの言う通りであった。下手に考え込まず、どんな時でもまずやってみる勇気を持った途端、筆師としての成功を見た。

だが自分と和太郎は人間が違った。

勇気さえ持てば前に出られる幸助だからこそ、おさよは自分を励ましたが、和太郎の場合は同じ勇気でも、焦らず力を貯えてから前に出るべきだと、息子については考えたのに違いなかった。

幸助の息子の育て方が誤っていると見るや、夫婦別れしてまで他所で修業をさせ、その責めを負って、亭主からも息子からも離れて、それからは一人たくましく暮らした。

居酒屋のお夏が言ったように、おさよは〝好い女〟であった。

おさよは細筆が欲しいと言っていた。

幸助は細筆作りはそれほど得意ではなかったが、今こうして見ると、書き易そうな筆に仕上がっている。

和太郎は、この筆には心が込められているから手本にしてきたと言った。

心を込めて筆を作る――。

それが大事だと、幸助は若い職人達にいつも言っていた。

だが、それは職人の心を込めるという意味で、筆を使う者の姿を思い浮かべ、その人のために作るという意味合いが忘れられていたような気がする。

職人の技と意地を追い求める余り、肝心なところを見忘れていた。心やさしい和太郎はそれを大事にしたゆえ、この十年で腕を上げたに違いない。

――おれは、おさよに惚れていたんだな。

赤い軸の細筆を見ていると、幸助は今自分がしなければならないのは、この筆をおさよに手渡すことではないかと思えてきたのだが、

――ははは、何を考えているんだろう。

和太郎でさえ、おさよの奉公先が今どこなのかわかっていないというではないか。おさよはしっかり者で気立てもよいゆえ、方々で引きがあるのだろう。

今さら、この筆をお前に渡しそびれていた、などと言って渡しに行けるはずがない。

そんな想いが頭を過《よぎ》り、勇気をなくさせるのだ。

――とにかく酒を飲んで一眠りしよう。

目覚めたら気持ちも落ち着くだろう。

そしてお夏の居酒屋で一杯やって、少しはお仲間になれた常連達と時に言葉を交わしながら、ゆったりと頭の中を整理しよう。

つい十日ほど前の自分からは想像もつかなかった幸せが、今幸助に訪れていた。

七

徳利の酒を飲んで横になるとすぐに眠りにつけた。

目が覚めた時分は、まだ夕餉には早い頃合であったが、先ほど和太郎と話した興奮はまだ体の中に残っていたので、幸助はいそいそとお夏の居酒屋へ向かった。

とりたてて食通を唸らせるような料理があるわけでもないのだが、あの居酒屋でよくある料理を、よくある味付けで食べて、誰かと一言二言交わすと、何か好いことが起こるのではないかと思わせられるのが不思議だ。

「いらっしゃい……」

縄暖簾を潜ると、お夏がいつもと同じ素っ気ない調子で迎えてくれた。

こんな時は、

「どうしたんだい？　今日はやけに早いじゃあないか」

などという愛想はかえって応えるのが面倒で煩わしいので何よりだ。

「どこへ行くんだい？」

「誰と会うんだい？」

言ったたって場所も相手も知らないだろ――。

「帰りは遅いのかい？」

そんなこと今からわかるか――。

女の一声はとにかく面倒なのだ。そういえばおさよも、そんな問いかけは一切しなかった。

店にはまだ常連達の姿はなかったが、新参者の遠慮で、幸助は出入り口に近い長床几の端に腰を下ろした。清次がすぐにちろりの酒と、あんかけ豆腐を置いてくれたのだが、

「相すみません、今日は餅を切らしておりやして雑煮ができませんで……」

少し渋い表情で告げた。

「ああ、いいよ。雑煮は好物だが、このところは毎日のように食べているからね

え」

幸助は気を遣わせてすまないとばかりに、手を振ってみせた。

するとお夏が寄ってきて、煙管《キセル》で煙草《たばこ》をくゆらせつつ、

「その代わりと言っちゃあなんですがねえ、ここなんかよりもとび切りうまい雑煮を食べさせてくれる店がありますから、明日の昼にでも行ってみませんかい？」

と、言ったものだ。

「そいつはおもしろそうだ。是非行ってみてえや」

幸助はすぐに話に食いついた。

和太郎はそのうち、おさよの今の奉公先を調べてくるだろう。

そうすると、きっとまた件の赤い軸の細筆を渡しに行けと、うるさく言ってくるに違いない。

以前の自分なら、

「馬鹿野郎、おきやがれってんだ。よけいなことをしねえで、好い筆を拵えるんだな」

などと言下に斬り捨てていたであろう。

だが、今の和太郎には突き放されぬ凄みが身についている。会えと言われたらどうしよう。

——今さら会いたくもねえや。

という気持ちに、

——筆を渡して、和太郎についてはお前の考えが正しかったと、ここは男らしく一言詫びておかねばならねえか。

という気持ちが合わさって、一寝入りすれば収まると思った胸の高鳴りが、未だに続いていた。

和太郎が再びあの家に戻るまでの間が落ち着かぬ幸助にとっては、そんな趣向にしばし刻を忘れるのは願ってもない。

「で、そいつはどこの店だい」

身を乗り出して訊ねると、

「高輪《たかなわ》の方に〝えのき〟という、うちなんかとは違う、なかなか洒落《しゃれ》た料理屋があるんですよ……」

〝えのき〟の主人は、榎《えのき》の利《り》三郎《さぶろう》という俠客《きょうかく》である。

品川から高輪界隈《かいわい》に隠然たる力を持つ香具師《やし》の元締・牛頭《ごず》の五郎蔵《ごろぞう》の右腕と言われていて、お夏とはもう長く交誼《こうぎ》を結んでいる。

今年の夏に決着がついた、お夏の母の仇《かたき》であった千住《せんじゅ》の市蔵《いちぞう》は、五郎蔵にとっても暗闘を続けた相手で、共通の敵であった。

今となっては、もう互いに血を流した思い出は一切口にせず、そっと助け合う間となっていた。

特に〝えのき〟には、利三郎に請われて、時折清次と共に料理の味見に出かけていた。

お夏の店のように、気軽に毎日でも行けるような料理屋ではないが、利三郎はお夏と清次の意見を大事にしているのだ。

お夏はもちろん、そんな因縁など毛筋ほども語らず、ひょんなことから知り合って、時折味見に与《あずか》っているのだと告げた上で、

「正月に向けて雑煮の味見をしてくれと言うから、うちには雑煮好きのお客がいると話したら、是非食べてもらいたいとのことでね」

自分も追っつけ行く、話は通っているからまず行ってくれるようにと誘ったので

ある。

「女将さん、きっと来ておくれよ。おれだけじゃあ、何だか厚かましいおやじだと思われちまうよ」

幸助は笑って応えたが、この、毒舌婆ァと言われて誰からも一目置かれているお夏が、雑煮の味見をしてくれと言われて、自分の名を出したとはどこか誇らしかった。

それにはきっと、この居酒屋で人から好かれている和太郎の影があるのであろう。息子を見直すばかりで少し悔しいが、もう和太郎に張り合う想いも失せていた。

するとお夏は、

「きっと行きますから、その時に赤柄の筆を見せてやっておくんなさいな」

ニヤリと笑った。

「赤柄の筆？　和太郎がそんな話を？」

いつの間に筆の話をしていたのだと、幸助は顔をしかめてみせた。

「いえね、あたしもちょっとは好い筆を持ちたいと思って、どんなのが好いか和さんに訊ねたら、〝親父殿が拵えた赤柄の筆〟がちょうど好いんじゃあないかって……」

「そうでしたかい……」

「それは売り物ではないが、見て気に入れば真似て拵えてやると」

「わかりやしたよ。そんなら明日、持って出るから、見てやっておくれな」

「そいつは楽しみだ」

幸助は、その筆がおさよのために拵えたものだと、和太郎が語ったのかどうか気にかかったが、

「何でぇ婆ァ、好い筆をお求めかい？」

ちょうどそこへ、不動の龍五郎が口入屋の若い衆を引き連れ入って来て、一気に賑やかになった。

「聞き耳を立てて入って来やがった。まったく油断も隙もないおやじだよ」

すかさずお夏が返すと、

「へへへ、婆ァ、好い筆が欲しくなったとはどういう風の吹き回しだ。辞世の句でも書きたくなったか」

店の内がどっと沸いた。

今日の口喧嘩は龍五郎に分がありそうだ。

八

その翌朝は、前日に居酒屋から持ち帰った焼きおにぎりを、火鉢で軽く炙って食べると、幸助は高輪南町《みなみ》へと向かった。

このところは目黒界隈を行ったり来たりの暮らしであったので、足を延ばすのも悪くなかった。

寺と武家屋敷に囲まれた道をひたすら突き抜けると、潮風を覚えた。

目指す〝えのき〟は、袖ヶ浦の海にほど近いのだ。

今頃は、〝和毛堂〟の連中はどうしているだろう。

自分がいなくても、それはそれなりに何とでも仕事は廻っていくものだ。

何かわからないことがあったら、古株の意見に縋ればよい——。

若い連中は、そのために幸助の存在を喜ぶ。

しかし、いつもいられるとどこか嵩高《かさだか》さを覚えるから、日頃はいてもらいたくないのだ。

幸助にもそんな覚えはあった。

――だが仙右衛門の兄ィが生きていれば。

あと十年くらいは、幸助が身近にいて君臨しているのは、若い連中にとって当り前の風景であっただろう。

「幸さん、お前はまだまだ達者じゃあねえか。〝和毛堂〟に振り回されずに、お前はお前の思うがままに生きてくんな」

潮風に乗って、仙右衛門の声が聞こえてきたような気がした。

お夏も来ると言っていたから連れ立って行けばよいのだが、素面《しらふ》だと道中とりたてて話すこともないし、自分の歩調で歩きたい。

「店で会いましょう」

という割り切り方は、いかにもお夏らしい。

店の場所は詳しく聞いていたのですぐにわかった。

町家の中にあって、桜並木に囲まれた閑静で洒落た風情の料理屋であった。

入ったところの入れ込みの座敷は衝立で仕切られていて、ここなら気軽に料理を楽しめそうであるが、案内を請うと二階の座敷に通された。

幸助がお夏の連れとして訪ねて来るのは、きっちりと伝わっていて、

「お聞きしております。ご足労をおかけしました……」

応対に出た女中は、親しみを込めた表情で、案内をしてくれた。

六畳ばかりの座敷は、置床が設《しつら》えてあり、格子窓からは袖ヶ浦の海原が見えた。

お夏はまだ来ていないようだ。

すぐに主の利三郎が現れて、まず酒の仕度をさせると、

「この店の主の利三郎でございます」

実ににこやかに名乗ったものだ。

ここ数年で利三郎は貫禄が増した。それと共に香具師の顔は薄れて、物言いにも立居振舞にも丸みが出ている。

いずれにせよ五十を過ぎた幸助には、大した男であるのは一目でわかる。

「こりゃあどうも、幸助と申します。今日はお夏さんのお誘いで、雑煮食べたさにのこのことやって参りました」

丁寧に挨拶を返した。

「女将さんは、ちょっとばかり遅れるかもしれないとのことで、雑煮の前に一杯やりましょう」

利三郎は酒を勧めて、自らも盃を口に運んだ。そして悪戯っぽく頬笑むと、壁に掛かっている掛け軸の小さな風景画を指して、

「あれは、河瀬庄兵衛という先生に描いてもらったものです」

「河瀬先生……。へい、知っておりますよ。倅が筆をお納めしているそうで」

思いもかけず河瀬庄兵衛の名が出て、幸助の声も弾んだ。

利三郎は嬉しそうに頷いて、

「これもお夏さんとのご縁の広がりでございましてね。その流れで、わたしの筆も和太郎さんに頼んでいるのですよ」

「あ、ああ、そうでしたか。こいつはどうもお世話になっております……」

幸助は、そのことについては報されておらず、あたふたと頭を下げた。

「和太郎さんの親父様も筆作りの名人で、今は目黒においでで、雑煮が滅法好きだと聞こえてきましてね」

「どこから聞こえてきたんでしょうねえ。そいつはまた怪しげな噂だ……」

「ふふふ、こいつは何としても、雑煮の味見をお願いしないといけない、それでまあ、目黒の女将さんに声をかけてもらった次第で」

「そいつは恐れ入ります。まったくあの女将さんは、おかしなお人だ。馴れ合いを許さねえくせに、方々で人と人とを繋いでいる」

「でも、そんなことを口にしようものなら、あたしが人を繋げた？　そんな面倒なことをするわけがありませんよ、なんて叱られちまう……」

二人はふっと笑い合った。

お夏の話をすると、初めて会った気がしなくなるから不思議である。

「で、倅の筆は役に立っておりますか？」

「はい、それはもう書き易い筆で、助かっておりますよ」

「そいつは何よりだ……」

幸助はほっと一息ついた。

あの出来の悪い倅でも、真面目に励めば、いつかは恰好が付くであろう。鼻垂れも次第送りというではないか――。

そんな風に思っていた和太郎は、知らぬ間に一人前になって、自分から動きを止めてしまった父親の体を、ゆっくりとさりげなく背中から押している。

河瀬庄兵衛は、自分にも息子がいれば、一度剣を交じえてみたかったと言った。

それにたとえるなら一刀の下に打ち倒してやると高を括っていた和太郎は相当手強くなっている。

今の気の抜けた自分では、太刀打ち出来ぬであろう。

――待っていろ、おれは気合を入れ直してから相手になってやるからな。

そう思うことで、気持ちを奮い立たせる幸助に、

「さて、好い心地で一杯やっていると、雑煮の味もわからなくなります。そろそろ雑煮を持たせましょう」

利三郎は、女中に雑煮を持ってくるように言った。

お夏を待たずともよいかと思ったが、ほろ酔いの酒の後に雑煮はありがたかった。

「そんなら、お先に頂戴いたします」

雑煮はすぐに運ばれてきた。

やや大ぶりの椀に、透き通った出汁。大根、里芋に青菜、そして角餅。いかにも江戸前の雑煮である。よく見るとさらにかまぼこの切り身が入っていた。

「ああ、好い香りだ……」

幸助はうっとりとした表情で出汁を啜《すす》った。

さっぱりとしたこくが、口の中に広がった。

「うまい……」

舌鼓を打つ幸助を見て、

「気に入ってもらえましたか？」

利三郎は静かに訊ねた。

「気に入るもなにも、まったくわたしの好みの味でございますよ」

「左様で……。昔から正月に限らず雑煮を食べておられたとか？」

「ええ、付合いだなんだとあまり家で飯を食わなかったのですがね。何やら食い足りねえ時に、雑煮を拵えてくれと女房に……」

「なるほど、茶漬の代わりというところですね」

「雑煮の方が、腹にやさしく入っていくような気がしましてねえ。ああ、こいつはまったく懐かしい味だ」

おさよが拵えてくれた雑煮にも、かまぼこの切り身が入っていた。

「餅と野菜だけでは何やら寂しい気がしてね……」

そう言って、かまぼこだけは切らさなかったのだ。

「それはようございましたよ。今度の正月にお出しする雑煮は、気取ったものではなくて、誰もが食べ易くて、懐かしい味にしようと思いましてね」

「それが何よりですよう」

幸助はしみじみと言った。

雑煮には夫婦の味がある。

当り前のように出てくる汁に、夫婦でひとつひとつ成し遂げたことの絆が込められているのだ。

「わたしには、実にうまい雑煮でしたよ」

「おかわりを持ってこさせましょうか？」

「いえ、しっかりと味わわせてもらいましたから、この味を噛みしめておきます」

「それなら、料理人を呼びますので、うまかったと声をかけてやってくださいまし」

「喜んで……」

「励みになりましょう。お夏さんの様子も見て参りますので、一杯やってお待ちください」

利三郎は終始にこやかな表情を崩さずに、一旦席を立った。

お夏はまだ遅れているみたいだが、今、利三郎が席を立ち一人の刻が出来たのも、頭の切り替えにはちょうどよかった。

雑煮の味見は、幸助におさよへの申し訳なささを思い起こさせた。

当り前のように出てきた汁。

それに何度心と体が癒されたことか。

一緒になってから拵えてもらった雑煮の数だけ、筆師として成長出来たのだ。

一家がばらばらに別れてからの十年は、雑煮が食えぬ寂しさを、〝和毛堂〟への忠勤で忘れてきた。

しかし、心の奥底では息子と夫婦の絆を失った空しさが、いつも渇きとなっていた。

〝名人〟と言ってくれる人もいた。

だが、和太郎が手本にしたという赤軸の細筆に勝る筆は、一本たりとも拵えていなかったのではなかろうか。

お夏は何も言わなかったが、そもそも今日ここで美味い雑煮にありつけたのも、和太郎の縁が絡んでいたのだ。

——剣を交じえる前に降参だ。

男としても筆師としても、今や和太郎の方がしっかりとしている。してやられたと思うといささか悔しいが、もう和太郎の言う通りにしよう。それが親の幸せではないか。

素直におさよの行方を息子に当ってもらい、この赤軸の細筆を十年の時を経て、

「改めて、もらってくれねえかい」

と、数え切れぬほど拵えてくれた雑煮の礼を込めて手渡そう。

突き返されるかもしれないが、それで自分の明日が変わるはずだ。

今日ここで会った時に、和太郎から聞いた赤軸の細筆を見せてもらいたいとお夏に頼まれて、この筆は矢立に入れて懐にしまってあった。

幸助はそれを取り出して眺めると、

「よしッ」

と、ひとつ頷いた。

料理人が挨拶に入って来たのはその時であった。

「お邪魔いたします……」

女の声であった。

「どうぞ……」

幸助の応える声が震えた。

もしやと思ったのだ。

「あ……」

入って来た女料理人の声も震えた。

雑煮を拵えたというのはおさよであったのだ。

九

幸助とおさよは、しばし顔を見合いながら絶句した。

「お前……、この座敷の客がおれだとは知らなかったのかい？」

幸助が問うと、

「聞かされていませんでしたよ。お前さんこそ、ここでわたしが奉公をしていると
は知らなかったんですか？」

おさよが訊き返した。

「知らなかったよ。だが、道理で雑煮の味が懐かしかったわけだぜ」

「ていうことは、これはいったい……」

「和太郎が仕組みやがったのに違《ちげ》えねえや」

二人は自分達が知りうることを出し合いながら考えてみたが、独り立ちした和太郎が、世を拗《す》ねて一線を退いてしまった幸助を案じ、久しぶりに両親を会わせてやろうと企んだのに違いないというところに落ち着いた。

和太郎はおさよが〝えのき〟に奉公をしているのをとっくに知っていた。

おさよは長く品川の旅籠に奉公していたが、旅籠の主人が亡くなり、以前からおさよの女中としての才覚と、料理の腕に目を付けていた牛頭の五郎蔵がもらい受けたのだ。

五郎蔵は、利三郎から料理もこなせるしっかりとした女中を雇いたいのだが、心

当りはないかと訊ねられていたのである。

五郎蔵の見込み通り、おさよは〝えのき〟に奉公するや、たちまちのうちに利三郎からの信を得て活躍をした。

〝えのき〟の客には河瀬庄兵衛という浪人絵師がいて、和太郎の筆を愛用しているとのことで、利三郎もこれに倣った。

その和太郎がおさよの息子だと知れた時は、大いに沸いたものだが、おさよは何も語らずとも、和太郎は利三郎を男と見込んで、父・幸助とおさよとの夫婦別れの経緯を密かに語り、憂えていたのに違いない。

利三郎も人に慕われる俠客であるから、話を聞けば放ってはおけずあれこれ絵を描き、今日の再会を実現させたのではなかったか。

ほとんど十年ぶりに会った幸助とおさよは、和太郎の企みについて推測し合ううちに、少しずつ時を取り戻していた。

「ふふふ、和太郎ときたら、わたし達二人を会わせてどうしようというのでしょうねえ」

おさよは、まんまと騙されたと苦笑したが、幸助は、

「いや、おれがお前にこの筆を、渡し易いように仕向けてくれたのに違いないんだ」

　と、件の筆を差し出した。

「この筆を、わたしに……？」

「ああ、十年前に、ちょいとばかりお前の機嫌をとろうと思って、そっと拵えていたのさ。お前、言っていなかったかい？　〝そういやあ、お前さんに筆を拵えてもらったことがなかったねえ〟なんてよう」

「そういえば、そんなことを言っていたような気がするよ。まさか拵えてくれるとは思っていなかったから、忘れていましたがねえ」

「だが、拵えていたんだ。できあがったと思ったら、和太郎のことで喧嘩になって、渡しそびれちまった」

「そんなら、この筆は……」

「和太郎が、なくならねえように持っていてくれたそうだ」

「そうだったのかい……。あの子もそっと渡してくれたらよかったのに。好い筆じゃないか」

「おれの手から渡さねえと、恰好がつかねえと思っていたそうだ」

「あの子は大したもんだよ。十年かけて気難しいお前さんを意のままに動かしたんだからさ」

「まったくだ。お前の倅にはもう敵わねえ。ああ、負けた負けた……」

「お前さんの倅だろ。倅との勝負に勝った負けたはおかしいよ」

「おきやがれ。おれは負けて嬉しいんだよ。奴の育て方についちゃあ、お前が正しかった。十年分まとめてすまなかった。改めて、この筆をもらっておくれ」

幸助は深々と頭を下げた。

「そんならありがたくもらっておくよ。ありがとうございました」

おさよはすんなりと筆を受け取った。

「こんな筆が欲しかったんだよ」

おさよは赤い軸を見つめてぽつりと言った。

「和太郎は拵えてくれなかったのか？」

「この筆に勝るものは拵えられないと思っていたんだろうね」

「だとすれば、そのうち手前《てめえ》の女房に、これよりもっと好い筆を拵えるんだろうよ」

「それはちょいと癪だねえ」

おさよはからからと笑った。

「〝和毛堂〟には行っているのかい」

「ああ、時折な。といっても体の好いお払い箱さ」

幸助は自嘲して、

「女房子供を放り出して勤めたが、とどのつまりは手前《てめえ》の店も持てずにこのざまだ。はははは、笑ってくれ」

「笑わないよ。お前さんは女房子供を大事にしてくれたよ。大事にし過ぎて、勢いが余って、わたしと和太郎が吹きとばされたのさ」

「へへへ、お前はうめえこと言うよ。頭が好いんだな」

「頭がよければ、筆作りの名人の女房でございい、ってよろしく立廻っていたよ」

「いや、お前の言うことはいつも正しい。おれはこのままじゃあ終らねえ。この先は、ここへ雑煮を食べに通うから、おれにあれこれと意見をしてくんな」

「ここまで雑煮を食べに通うってえのかい？」

「近くに越してきたって好いや。いっそ和太郎に雇ってもらおうかな。ははは……」

「まさかそんなことが……」

「何かを摑む時は、思い切って前に出る、勇気ってものが大事なんだろう？」

「ああ、その通りですよ」

二人は腹の底から笑い合った。

夫婦別れをしたのである。互いに言いたいこともあったはずなのに、十年の歳月がそれを風化させていた。

何よりも、ここで言い争いでもしようものなら、和太郎の十年を踏みにじることになる。

よく出来た息子の前に、二親はまったく無力であったのだ。

「そうだ、もうすぐ居酒屋の女将が来ることになっているんだが、その筆を拝みてえと言っていてな」

「居酒屋の？　和太郎から聞いたことがありましたよ。確か、お夏さんとか」

「そう、お夏さんだ。そうか……、和太郎の奴、あの女将と居酒屋の力を借りやがったか……」

雑煮、常連客とのやり取り、河瀬庄兵衛、〝えのき〟の主・利三郎……。

思えばあの女将が次々に繰り出す妖術に、すっかりと人生の灰汁《あく》をすくい取られたような気がする。

目を丸くして幸助を見ているおさよに、

「もうすぐ来るよ。お前も会えばわかるよ。口では言い表せねえ、おかしなくそ婆ァなんだよ……」

彼は何度も頷いてみせた。

そのお夏は既に〝えのき〟に到着していて、別の一間で、利三郎と二人、いつ幸助とおさよのいる座敷に入ろうか、間合を窺《うかが》っていた。

「女将さん、あれこれ頼みごとをしてすみませんでしたねえ」

利三郎が頭を下げた。

別れた二親を、赤軸の細筆で繋ぎ、何とか再会させられたら――。

和太郎の想いを知った利三郎は、和太郎が〝大和屋〟の主人の供をして旅に出ている間に、お夏の居酒屋へ通わせるように持っていけばよいと勧めた上で、あれこれ策を授けた。

そして、そっとお夏に、和太郎を助けてやってくれと耳打ちをしたものだ。

しかしお夏はというと、

「あたしは何もしていませんよ。酒を出して、料理を出して、河庄《かわしょう》の旦那に、幸助さんに筆の直しを頼めとただ勧めただけですよ」

まったく意に介さない。

今日もいつものように、ここへ味見をしに来るのに、雑煮好きの幸助を誘っただけだと、あっさりした表情を浮かべている。

「いやいや、お夏さんは大したものだ。人と人とは間合をとることが大事だとしながら、実に見事に人と人を繋ぐのだから……」

そして感じ入る利三郎を見て、

「あたしが人と人を繋げる？　そんな面倒なことはしていませんよう。そもそも繋がっていく人は、そういう定めにあるんですよ」

と、お夏はやれやれという顔で言った。

第三話　削り節

一

荒くれ達の溜り場と、世間から思われているお夏の居酒屋であるが、意外や女の常連客も多い。

目黒の老舗仏具屋〝真光堂〟の後家・お春のような物好きもいれば、細腕で方便を立て、一家を支える女房や孝行娘達が、菜を買いに立ち寄ることもある。

そして、何よりも多いのは、夜鷹、酌婦といった〝夜の女〟達である。

彼女達には、仕事前や帰りに気軽に寄れるこの店がありがたい。

女将のお夏が目を光らせているので、客の男達から絡まれたり、からかわれたりすることがないからだ。

決して女の難儀は見過ごしに出来ぬという、正義を振りかざしているわけでもなく、店の平和を乱す奴は何人《なんぴと》であろうと許さない、お夏なりの法が定まっているのが心地よいのだ。

女達もまた居酒屋の中で男達に色目を使ったり、商売をしたりしたら店を叩き出される。

それゆえ、居酒屋にいる間は、僅《わず》かな酒と温かな料理に、しばし時を忘れられるというものだ。

とはいえ、お夏とて四角四面ではない。

女達が愚痴を言うのを聞いてやるし、客達が気になる女の噂をし合うのに、相槌を打ったりもする。

男と女が客同士で親しく話し込んでいるのを邪魔はしない。

つまり、〝嫌な気配〟が漂わなければそれでよい。

その辺りのほどのよさが、悲哀を背負う女達には堪らなくよいのだ。

そんな女の一人に、おれんという夜鷹がいた。

歳の頃は三十五、六。いや、もう四十に手が届いているのかもしれない。

もっとも夜鷹などというものは、白粉《おしろい》の力で夜陰に顔を浮かべ、僅かな間だけ客の相手をするのだ。真っ昼間に会えば、老婆であるのもそう珍しくはないから、それ相応の歳なのであろう。

鼻筋が通っていて、端整な顔立ちではあるが、骨太の大柄で、顔を白く塗りたくると、男が女装しているようにも見える。

中にはそれを好む男もいるので、うまくいけば祝儀を弾んでくれる客に出会ったりもする。

そんな時は居酒屋で、やたらと笑みを浮かべながら一杯やる姿を見かけるが、大抵の場合は店の隅で水団《すいとん》などを啜って、深い溜息をついてまた商売に出るといった具合だ。

お夏、清次は元より、店の常連達も特におもしろがって眺めているわけではないのだが、体が大きいだけに、どうしても目に入ってしまうのだ。

時節はそろそろ師走にかかろうかとしていた。

夜鷹にとっては辛い季節である。

外での客引きは体が凍《い》てつくし、こんな状態でまた年を越すのかという絶望が、心を突き刺すのだ。

そんなある夜。

おれんはお夏の居酒屋で、いつものように水団を啜っていた。

その日はろくな客がつかなかった。

長い間客引きをしたが、防寒のために着込んで、吹き流しに手拭いを頭にのせているおれんの大きな姿は不気味がられてしまうらしい。

あげくに、やっとついたその客は、

「お前は本当に女なのかよ。白い鬼にのしかかられたような気がするぜ」

散々文句を言った上に、たった二十四文の銭を二十文に値切られて、

「ほうら、ここに置いておくぜ」

掘立て小屋の隅でことに及ぶと、投げるように銭を渡して、男はそそくさと立ち去った。

拾い集めてみると、十八文しかなかった。

何とも情けない想いで、

――せめて酒くらい飲もう。

水団を肴《さかな》に、一合だけ熱いのを飲んだ。

遅い時分であったから、お夏の店には客もちらほらとしかいなかった。

それでも中には知った顔もいて、おれんが酒を飲んでいると、

「おう、豪儀だね！」

などと、日頃は励ますような声を一言かけてくれるのだが、今日の酒がささやかな祝いではなく、なけなしのやけ酒に見えるのであろう。誰もが見て見ぬふりをした。

お夏と清次はいつもと変わらず、黙々と酒と料理を調えている。

おれんは、それがこの店のよさだと思いつつ、嫌なことは自分の胸の内だけで消していこうと考えた。

この世には、自分よりももっと悲惨な暮らしをしている者だっているはずだ。

上を見て暮《な》らすな。下を見て暮らせば少しは己が心も落ち着こう。

「男が女の形をしているかと思ったぜ」

などと言われたとて、自分は女に生まれたゆえに身を売ることも出来る。

苦界に身を沈める自分が、それを喜んでどうするのだと思いながらも、今日をい

かにして生きようかと悩んで暮らしたことのない者にはわかるまい。

文政の世にあって、女が一人で生きるのは茨の道なのだ。

自分のように芸もなく、頼りになる親族もなく、支えてくれる男もいない女は、下を見て安心をするくらいしか楽しみはあるまい。

貧しい食事でも、酒が付いていればこれほど豪勢な膳はない。

ちびりちびりと酒をなめるように飲み、一口一口よく噛み締めて水団を食べつつ、おれんは自分に言い聞かせていた。

すると店に、薄汚れた着物を着た十五、六の少年が入ってきて、床几の隅に隠れるように腰かけた。

月代《さかやき》は伸びるに任せ、顔は黒く日に焼け、穴だらけの色あせた股引《ももひ》きが、いかにも寒々しい。

上を見て暮らすなと考えていたおれんにとって、正に下に住む者が現れたというところであった。

一目見れば、少年がどうしようもないほどの貧しい暮らしを送っているのがわかる。

それゆえじろじろと見てやってはいけないと、気に留めていないふりをしたおれんであったが、そっと窺うと、細面で、きれいに洗えば涼やかな顔が埃《ほこり》の下から出てくるのではないかと思われる。

だがそんなことにはお構いなく、少年は黙って身を縮めるように腰かけている。

こんな時、表情も態度もまるで普段と同じお夏と清次は、おれんの目から見ると、神仏のようである。

お夏はすっと少年の傍へ寄ると、

「いつものもので好いのかい」

と、囁くように問うた。

「頼むよ……」

少年はこっくりと頷いた。

小さな声は、まだ子供の響きであった。

「はいよ……」

それからすぐにお夏は、折敷に山盛りにした飯碗と、小鉢と平皿と茶碗を載せて、彼の座っている床几の横に置いてやった。

人の食べる物など気にするものかと、目もくれないおれんであったが、さすがにこれは気になった。

見ないふりをして、様子を窺うと、小鉢には漬け物、茶碗には茶、そして平皿には削り節が盛ってあった。

削り節には醤油がかかっている。

ただそれだけの飯であった。

つまり、少年は飯に削り節をかけ、これを漬け物をかじりつつ、がさがさと食べ、茶で腹の中に流し込むのであろう。

お夏はたとえ、飯だけを注文されても、客にはそれを出してやる。

そして貧しい身を憐《あわ》れんで、干物のひとつ、煮物の一匙《ひとさじ》を添えてやることは決してしない。

そうすることが、客の心をかえって傷つけると思っている向きもあるが、

「飯だけってえのも立派な料理さ」

と考えているからである。

しかし、香の物、塩、削り節などは飯の付き物として添える。

しかも、見た目を豊かにするため、小鉢にしても皿にしても、体裁のよいものを選んでそこに載せ、飯も山盛りにして出してやるのである。

「ありがとう……」

少年は消え入るような声でお夏に言葉を返すと、削り節をまずそのまま少し口に入れて味わってから、おれんの想像通り、残りを飯に載せてがさがさと掻き込んだのである。

やがて飯が残り少なくなったところで、削り節を余さず飯碗に放り込み、漬け物をぼりぼりといわせつつ、茶碗の茶をかけてきれいに平げた。

おれんは、その食べっぷりのよさに見とれながら、

——これはこれで、おいしいだろうね。

と、唾を飲み込んだ。

そしていかにも安あがりである。

少年は銭を数枚置くと、お夏に会釈してそそくさと店を出ていった。

おれんは不思議な衝撃を受けていた。

このような光景が当り前に見られるのは、お夏の居酒屋ならではと言えよう。

別段珍しがることもないのだろうが、十五、六の少年がただ一人で夜更けに居酒屋へ入ってきて、削り節がかかっただけの飯を食う。

その姿が孤独で、人の愛情も受けずに体だけが大人になったという虚無に包まれていて、何とも不憫で仕方がなかった。

そして、このような憐憫《れんびん》の情を、自分が他人に抱くなど、信じられないことであり、少年の姿が目に焼き付いて離れなかったのである。

二

その少年の名は、丑松《うしまつ》という。

少し前に目黒に流れてきて、古寺に住みつくようになった。

どこかで誰かが話しているのを聞きつけたのであろう。

丑松は、お夏の居酒屋にひょっこりと現れ、

「これで飯を食わせてくれないかい」

そっと三文の銭を見せた。

「飯さえあれば何もいらないが、削り節があったらかけておくれ」

と言う。

「あいよ……」

ぶっきらぼうな返事ではあるが、お夏は丑松の言う通りに、削り節を添えて飯を用意してやった。

「これで勘定分だよ」

注文した通りだが、飯は山盛り、香の物が付いていて、削り節の量もたっぷりとあった。

ほとんど感情を顔に出さない少年の表情が綻んだ。

どこで覚えたのか知らないが、丑松は削り節に醬油を落して飯にふりかけるのが何よりも美味く、また滋養があると考えていたようだ。

それでも居酒屋で、こんなものを注文して食べるのは恥ずかしいのか、大人達の目が恐いのか、丑松はあまり客がいない頃合を見計らって店にやって来て、入れ込みの隅に隠れるように腰かけて、がつがつと食べたものだ。

別段、常連がいたとて、お夏が取り仕切るこの居酒屋にあっては、恐れるものなど何もないのだが、目黒に流れてきて間のない丑松にとっては、まだそこまでは馴染めないのであろう。

とはいえ、削り節で飯を食う少年の姿は、すぐに客達の目に留まり、

「おれも飯に削り節を添えてくれねえかい」

と言う客が近頃増えた。

さすがに、丑松が店にいる時には小馬鹿にしているようで頼みにくいが、丑松は日頃から賑やかな常連達が来る時分は避けているので、遠慮はいらなかったのである。

中には、軽くつまんで酒の当てにする者もあった。

清次が削る鰹節《かつおぶし》は、少しばかり厚みがあって、歯ごたえ、香りともに好い。

清次は、出汁に使った削り節と昆布を、鍋で炒って刻んで、甘辛く味をつけて佃煮にしたりするのだが、ただ削っただけの素朴な味わいもまたよいものである。

そんなわけで丑松の出現は、少なからず店の客達に影響を与えた。

となると、削り節の少年の正体を知りたくなってくる。

皆で様子を見て情報を持ち寄ると、名は丑松だと知れた。

どこから流れて来たかは知れなかったが、

「丑松ってえのは、外で芸を見せて暮らしているらしいな」

「いや、あれは芸と言えたもんじゃあねえよ。まず物乞いだぜ」

と、噂が駆け巡った。

丑松は竹箒《たけぼうき》を手に、ふらふらと町を歩き、ここぞという家や店の前で、

「掃除をしよう、掃除をしよう……」

と、歌うように勝手に掃き清めるそうな。

これをされると堪らない。

家人や店の者達は小銭をやって帰ってもらうことになる。

所謂《いわゆる》、掃除の押し売りである。

謡いの門付などと違って、芸のない者が門口を騒がせて銭を恵んでもらう手口はあれこれあるが、まだあどけなさを残す少年がこれをすると、哀れに思えてつい銭を施してしまうというわけだ。

「ほう、そいつは考えたな」

「どこで覚えたんだろうな」

「お前もやってみたらどうだ？」

「いや、これをするにもなかなか度胸がいるぜ」

客達はそう言い合ったが、不動の龍五郎はというと、

「まだ十五、六で、これからってえ男がやるもんじゃあねえや」

渋い表情をした。

「見た様子じゃあ、それほどのろまでもねえようで。ちょいと口を利いてやったらどうでしょうねえ」

乾分の政吉は勧めてみたが、龍五郎はゆっくりと首を横に振って、

「そいつはなかなか難しいな。考えてみろ。まだ子供みてえだが、もう元服をすませていねえとおかしい頃合だ。あんなことができる度胸がありゃあ、掃除の真似ごとをする前に、何でもするから働かせてくれと言やあいいじゃあねえか。丑松ってえのは、もうあの歳で働くのは馬鹿馬鹿しいと悟っちまったのさ。ほら、乞食も三日すりゃあ忘れられねえと言うだろう」

長く口入屋をしてきた龍五郎だからこそ、それが見えてしまうのだ。

働く気がない者に奉公先を世話しても、こっちが嫌な想いをするだけである。

まして、皆が大目に見ているが、丑松は何者かわからない流れ者ときている。

お夏はというと、そんな会話を居酒屋の内で聞いていても、我関せずと沈黙を貫いていた。

龍五郎もお夏との口喧嘩のたねに、丑松の話は持ち出さなかった。

丑松の今の稼ぎ様について、

「婆ァ、お前はあれで好いと思っているのかい？」

などと問いかけても、

「まあ確かに不様かもしれないし、人様に多少の迷惑はかかっているかもしれないが、あたしは食い逃げされたことはないよ。あの子はあの子の才覚で生きているんだから、それで好いんじゃあないのかい」

などと応えるに違いないのだ。
十五、六でやくざな道に足を踏み入れている者もいる。
大人になっても、人様に迷惑をかけつつ、のうのうと暮らしている奴もいる。

それを思えば、一応は掃除をしてくれるのだ。銭の一枚や二枚、放り投げてやったらどうなのだ。

「そのうち何かの拍子に目が覚めれば、まともに働いて酒の一杯も店で飲んでみたくなるだろうよ」

龍五郎には、お夏の考え方が手に取るようにわかる。

その割り切りが、丑松には徒《いたずら》に手を差し伸べてやらずともよいという安堵を龍五郎に与えていた。

情に厚いがゆえに、構う必要もない者が気にかかり心を痛めなければならなくなる。

そんな馬鹿馬鹿しいことはないとお夏は思っているのである。

三

——あたしは何と馬鹿な真似をしているのだろう。

お夏が言下に馬鹿馬鹿しいと切り捨てる人情に、あろうことかおれんは目覚めていた。

居酒屋で丑松を一目見て、

――この子はあたしが何とかしてあげないといけない。

と衝撃を受けたのであった。

何とかしてあげないといけないと他人のことを思う前に、自分自身を何とかせねばならないと人は笑うであろう。

だが、おれんにとってあの衝撃は生まれて初めてのものであり、じっとしてはいられずに、気がつけば町中《まちなか》を丑松の姿を求めて歩いていた。

金も力も才覚もない薄汚れた女であるのはわかっている。

だが、人を想い情を伝えれば、こんな自分でも、丑松を虚無と孤独から救い出せるかもしれない。

おれんは突如天からのお告げを受けたような気がした。

そして他人に関わることによって、自分自身が今のどうしようもない境遇から抜け出せるのではないかと思えたのだ。

丑松を見かけてから、おれんは丑松についての情報を密かに集めた。

そして彼の名を知り、生業《なりわい》を聞きつけた。

竹箒を手に方々歩き廻って、表を掃いて施しに与るそうな。

丑松が女であれば、とっくに身を売っていたであろう。

それが出来ぬゆえに、物乞いの中でも、特に芸がなくても始められる、掃除を選んだのだ。

おれんはそれを知って、また胸がいっぱいになった。

世間の人は、

「辛いのは誰だって同じだ。そこを堪えて、歯を食いしばって、汗水流して働くのが人としての務めだ」

などと言いたがる。

だがそれが出来れば苦労はしない。

人としての務めを果したくとも、そこへ行くための門口から、弾きとばされてしまう者もいるのだ。

生まれ育った境遇によって生じる差別と蔑み——。

人はこれに縛られてしまうと、まともな道が見えなくなってしまうのだ。

自分がそうだ。丑松もきっと同じなのであろう。

おれんには、夜鷹の仲間はいない。

皆、似たり寄ったりの境遇を経て夜鷹になったとはいえ、同業者達はどこかひねくれていて、見栄を張ったり人の悪口を言ったりする。

喧嘩になる一歩手前で引き合う、表面上だけの付合いに疲れて、誰かと連れ立ったり、牛《ぎゅう》という用心棒と客引きを兼ねた男に付いてもらったりもしていない。

「おれんさんは、男より強そうだからね……」

夜鷹達は、自分達と同じ場へ降りて来ようとはしないおれんを陰で嘲笑ったが、放っておけばよい。

傷をなめ合ったとて面倒なだけだ。

――だがあの子は違う。

夜鷹達のようには、まだ世間ずれはしていないはずだ。
十五、六の男が、このまま世の中を諦めてしまうのはあまりにも哀れである。
誰も彼を励まさないなら、せめて自分が声をかけてやろう。

恋ではない。

息子であってもおかしくない少年に母性が疼《うず》くのである。

貧しさゆえに別れ別れとなった弟がいた。

まだ自分も子供であったから、何もしてやれず、みすみす人の手に渡してしまった。

その思い出が、今もおれんを嘖《さいな》み、罪滅ぼしを丑松で果そうとしている。それは確かであった。

自分も三十半ばとなったが、まだ体が達者なうちに、誰かのために動いてみたいのだ。

夜鷹の自分が丑松を見かけたとて、説教のひとつも出来るわけではない。

だが、とにかく労りの言葉をかけてやろう。

そんなことを考えながら、おれんは丑松の姿を、何かにとり憑かれたように探し求めた。

すると太鼓橋を渡って、目黒不動へ向かおうとしたところで、

「馬鹿野郎！　どこかへ失しゃあがれ！」

という怒声が聞こえてきた。

ふと見ると、傍らの塩屋の表で尻もちをついている丑松の姿があった。

丑松の前には、三十絡みの塩屋の下働きの男が仁王立ちしている。

どうやら、いつものように店の前で掃除を始めたのはよいが、剣突を食らわされて、突きとばされたらしい。

その後ろから店の番頭風が出て来て、

「杉《すぎ》さん、もう好いじゃあありませんか」

男を宥めた。

〝杉さん〟と呼ばれた男は、たちまち愛想を使って、

「いやいや番頭さん、こんな奴は甘い顔を見せたら癖になりますからねえ、ひとつ食らわせてやらねえと、また何度もやって来るってもんで。ここはあっしに任せてくださいまし」

と言うと、丑松をきっと睨んで、

「やい、近頃この辺りで掃除をしては、銭をせびっているってえのは手前《てめえ》か。もう子供じゃあねえんだ。銭が欲しけりゃあ、まっとうに働いて稼ぎやがれ！」

丑松の肩を足蹴にした。

丑松はまた後ろにとんだ。

「まったく情けねえ野郎だ！　恥ずかしくはねえのかい……」

杉はさらに丑松の傍へと寄って踏みつけようとしたが、足を上げたところを割って入ったおれんに突かれて、どうっと倒れた。

おれんは夜鷹の恰好はまだしていない。

縞《しま》の着物に半纏《はんてん》を引っかけた姿は、大柄ゆえにどこかの女俠客に映って、

「な、なんだ手前《てめえ》は……」

倒れた杉をどぎまぎとさせた。

存外に弱い男のようだ。

番頭や店の者に、自分の威勢を見せようと、勝てる相手に手を上げたのであろう。

「恥ずかしくはねえのかい……？　その言葉はそっくりあんたに返してやるよ」

おれんは、こういう男が何よりも嫌いである。

日頃は客に辛い目に遭わされても、文句ひとつ言えない身だが、今日は言ってやりたかった。

丑松を助けてやるんだと思うと、度胸が据ったのだ。

「ちょいと店の前を掃いて、一文二文の銭をねだったからって足蹴にすることはないだろうよ。ここのお店はそういう血も涙もないところかと思われる方が恥ずかし

いよ」

堂々たる啖呵《たんか》を切った。

通りすがりの者達は、杉に嫌悪を覚えていたので、にこやかに相槌を打った。

「こ、この尼、言わせておけば好い気になりやがって……」

杉は恥辱に耐えかねて、立ち上がっておれんに詰め寄らんとしたが、

「何だい、この子の次は、女のあたしが相手かい。まったく情けない野郎だねえ……」

おれんは、丑松が取り落した竹箒を手にして、これに立ち向かった。

「杉さん……」

その間合で、塩屋の番頭が窘めた。

おれんの言う通りであると、番頭の表情は険しかった。
二、三文の銭をけちって、まだ大人に成り切っていない若者を叩き出すのは、店の評判に関わると番頭は端《はな》から思っていたのである。
杉は番頭に従って、

「へい……」

と頷くと、

「けッ、たかりを追い払って何がいけねえんだよう」

捨て台詞を吐いて引き下がった。

「さあ、行くよ」

おれんは、心の内では思いもかけず嫌な男をやり込めた興奮に震えながら、丑松を促して歩き出した。

番頭は丑松に銭を渡そうとしたが、おれんはそれを無視して、丑松を連れそそくさとその場から立ち去ったのだ。

――ふん、ざまあ見ろってんだ。お前のお店はこれで随分と評判を落したのに違いないよ。

おれんは後ろ姿でそう告げていた。

厚化粧はしていない日中のおれんを見て、

「あの人はいったい何者なのだろう」

と、言い合う者達もいて、彼女は久しぶりに爽快な心地になっていた。

やはり、あの時に臆さず前に出て、男に言いたいことを言ってやったのは正しかった。

自分にもあれだけの力があったとは、あの居酒屋のお夏はだしではないかと、自分自身が誇らしかった。

それもこれも、丑松に抱いた情のお蔭だと、ますます丑松への想いが強まった。

その丑松は、終始きょとんとした表情で、歩く道すがらおれんを見つめていた。

無理もなかろう。

これほどまでに人に構ってもらったことなどなかったのであるから。

「あたしの顔に何かついているかい？」

ちょっと居酒屋のお夏の真似をして、おれんはぶっきらぼうに言った。

「昨日だったかな、一昨日だったかな……。居酒屋で会ったね」

丑松が応えた。

「なんだい、ばれていたのかい。あんたはなかなか目敏いねえ」

おれんは心が躍った。

丑松もまた自分の姿を認めていたのだ。これはますます縁のある証拠ではないか。

「さっきはありがとう……」

丑松はぽつりと言った。

「いいんだよ。あんな奴はもっと痛めつけてやればよかったよ」

おれんは、にこやかに丑松を見た。

いつしか二人は、目黒不動へと延びる田園の中の道を歩んでいて、冬の日射しの下でおれんの笑顔が映えた。

「構ってくれたのは嬉しいが、ああいう時は放っておいてくれたら好いよ」

「そうかい？」

「ああ、おいらは人に殴られたり蹴られたりするのには慣れているからね」

「そんなことに慣れなくったっていいよ」

おれんは、ふっと笑って、

「あたしも、あんな風に怒ったことなんかなかったんだよ。いつも殴られて蹴られて、馬鹿にされて……。でもさあ、あんたがひどい目に遭っているのを見ていたら、あんな馬鹿にやられっ放しでどうすると、力が湧いてきてさ」

自分の稼業は、丑松と同じで相手に逆えないものだ。だが他人を助けるためなら立ち向かえると、おれんは告げた。

「そうかい。でも、おいらのために痛い目に遭うのはよしておくれよ。おいらはこれでも、気楽に暮らしているからさ」

丑松はにこりと笑った。

この子もこんなに笑うことがあるのだと、おれんは嬉しくなって、

「なんだかお腹が空いたねえ、そこの辻の角に田楽が売りに出ているから食べるかい」

と告げたが、二串買うだけの銭の持ち合わせもなく、

「と、言いたいところだけど、生憎《あいにく》おけらだよ。すまないね……」

頭を掻いた。

「いいよ。今の礼をするよ」

「ちょいと、礼なんてやめておくれ」

おれんの言葉が終らぬうちに、丑松は田楽の辻売りまで駆けて、二串買い求めた。

塩屋では痛い目に遭ったが、それまでに数軒廻って稼いでいたらしい。

掃除をしていると、

「おう、ちょうど好いところに来たぜ、裏の方も掃いてくんな」

中には上手に丑松を使う店もあり、そんな時は駄賃を弾んでくれるそうな。

「そうかい……。いっそ、そこで使ってもらったらどうなんだい」

おれんは田楽豆腐を押し戴きながら言った。

「嫌だよ、ちょちょいと表を掃いて二、三文もらう方が楽だからね。毎日こき使われたら息が詰まるよ」

「なるほどね……」

口入屋の龍五郎が見た通り、丑松は働くのは馬鹿馬鹿しいと悟っているらしい。

その少年に、自分は今田楽豆腐を振舞われているのだから世話はない。

おれんは一口かじると、香ばしい味噌が焼けた味わいが堪らなくて、

「おいしいね……」

うっとりとした。

「この次はあたしが、居酒屋でおごるから、楽しみにしていておくれ」

「無理しなくていいよ……」

丑松は逆におれんを労るように言うと、自分も田楽豆腐を口にした。

「無理なんかしていないよ」

おれんは丑松を見つめた。

するとまた、言い知れぬ活力が彼女の五体に溢れ出るのであった。

四

日暮れてから、おれんはいそいそとお夏の居酒屋に立ち寄った。

丑松と別れてから、おれんは大鳥神社裏手にひっそりと建つ掘立て小屋に戻った。

そこは近在の百姓が物置に使っていたのを、夜鷹の検番の口利きで、住まいとして借り受けていた。

殺風景だが造りは意外にしっかりとしていて、おれんは上手にござを敷き詰め、炉の代わりに大きな火鉢を真ん中に置き、それなりに住めるよう工夫をしていた。

外から見れば雑木林の陰になっていて見辛《みづら》く、いかにもみすぼらしい掘立て小屋に映るので、賊に狙われもすまい。女独りの暮らしには安全であった。

床下には金を入れた壺を隠してある。

といっても百文ばかりしか入っていないのだが、おれんはその内の三十文を握り締めて、丑松が現れそうな時分を狙って行ったのだ。

しかし、丑松の姿はなかった。

「いらっしゃい……」

いつもと変わらぬ様子でお夏は迎えてくれた。

おれんは稼ぎに出る恰好をしているから、

「これから一稼ぎかい？」

などとわかりきったことは言わない。

「酒はいらないね。何かお腹に入れておくかい？」

とだけ問うてくる。

「めざしと大根の漬け物で、軽く一膳食べておこうかねえ」

「あいよ……」

それだけですんでしまう。

客はまばらにいたが、どこからも塩屋の一件についての噂話は聞こえてこなかった。

おれんはほっと一息つくと、ゆっくり噛み締めるように飯を食べて、丑松が入って来ないかと、ちらちら外を眺めてみたが、やはり来る気配はなかった。

そのまま勘定して帰ろうかと思ったが、田楽豆腐の借りが気になって、

「女将さん、掃除の坊やが来たら、食べさせてあげておくれ」

と、十文余分に銭を置いた。

「ちょいと昼間、あの坊やに助《す》けてもらってねえ。あの子の上前はねるのは気が引けるから、すぐに返しておこうと思って……」

それがどういう経緯なのか、お夏は一切問わなかったが、

「助けてもらったといっても僅かなことだろ。そんなに急がなくても、次にここで顔を合わせた時に、あんたの口からそう言ってあげれば好いじゃあないか」

さらりと言った。

「そうだねえ。そうしようかな……」

おれんは何よりもありがたいお夏の応えに、思わず顔が綻んだ。

「そんなら女将さん、また来ますよ……」

おれんは十文を再び手に取ると、足取りも軽く店を出た。

お夏は丑松が来たら、おれんが気を遣って銭を置いていこうとしたと、余計な色

付けはせずに素っ気なく事実だけを伝えるであろう。

丑松の心に再びおれんの顔が浮かべばそれでよかった。

この次会う時に、おごってあげ易くなるというものだ。

いくらお夏というおっかない女将が睨みを利かせてくれているといっても、おれんは夜鷹の身を恥じて、そっと常連客達の少ない時分に居酒屋に来ていた。

しかし、お夏は客の選り好みは一切しないし、もうそろそろそんな遠慮は抜きにして、居酒屋で常連達と言葉を交わしたとてよいだろう。

塩屋で下働きの男をやり込めた自信は、おれんを元気付けていた。

自分がそのようになれば、丑松を常連客の末席に導いてやることも出来よう。

夜鷹の自分は、丑松に対してわかったようなことは言えないが、脛に傷持つ身ながらも、今ではまっとうに生きている常連客達ならば、色々意見をしてくれるに違いない。

あまり偉そうなことを言うと、お夏に一刀両断にされるから、それも加減してくれるはずだ。

そんなことを考えていると、客を取る辛さも少しは軽くなった。

自分が稼げば、丑松の未来にも希望が見えてくるのなら意義があるというものだ。おれんは絶望の日々に、かすかな光明を見出していた。

——これで少々のことには耐えられる。

そう思った直後に客が付いた。

「お前、でけえ女だなあ。ふふふ、おれは牛みてえな女が好みでよう。ちょいと付合ってもらおうかい」

と声をかけてきたのだ。

男は四十絡みで、牛のような女が好みというだけあって、かなりの偉丈夫で岩のようなごつごつとした体をしていた。

おれんは男を見かけたことがあった。

確か哲五郎《てつごろう》という遊び人で、何をして暮らしているのか、まったくわからなかったが、ろくでもない男であるのはわかる。

おれんは一瞬ためらったが、

「恐がらねえでくれよ。おれは女にはやさしいぜ。今日は思わぬ金が入ってな。銭はたっぷりと弾んでやるからよう」

哲五郎の声は穏やかで、銭のために一時、身を任すことにした。客の選り好みなどしていられないのだ。

これも丑松を助けてやるためだと思い込めば、気持ちも楽になった。

「旦那も酔狂ですねえ」

おれんは機嫌を取るように言った。

「旦那ほどのお人なら、夜鷹など買わずとも、あったかいところで、とびきりの姉さんとよろしくやれるでしょうに……」

「ふッ、おれは時折、変わった楽しみ方をしたくなるのよ」

哲五郎はニヤリと笑ってみせた。

「こういう寒い時によう、暗い繁《しげ》みの中でお前のようなでけえ女といたしているとよう、獣のような力が湧いてくるのさ。まあ、他人にはわからねえだろうがよう」

「獣のような力が……。何だか恐いですよう」

おれんは首を竦めてみせた。

だが、遊び人でそれなりに金廻りのよいはずの哲五郎が、夜鷹と遊ぶ理由としては頷ける。

今までにもこういう趣向が好きな客はいた。

哲五郎は目黒不動の裏手の丘へと歩いて行った。

やがて小さな祠《ほこら》が、木立の中にぽつんとあった。

その周囲は盛り土がしてあり、哲五郎はそこにござを敷くように言った。

冬のことゆえ、辺りはあっという間に、闇に塗り潰されていった。

なるほど、獣神がこの男の体に降りてきたのだろうか。

ここに近付くにつれて、哲五郎は無口になり、

「おい、そこに手をつけ……」

と促す声は、獣のような不気味さに溢れていた。

「ちょいと、どうするってえんです？」

さすがに恐くなってきて、おれんは愛想笑いをしたが、

「うるせえや、言った通りにしやがれ……！」

哲五郎は会った時から酒に酔っていたが、その時から異常な性欲が体を支配していたのかもしれない。

いきなりおれんの肩を右手で押すと、彼女が手をついたところを背後からのしか

かった。

おれんは恐怖に慄《おのの》いて、

「な、なにするんですよう」

と、哲五郎から逃れんとして、抱きつく手を振り放した。

「なにをするだと……？　決まっているだろう、薄汚ねえぶたがよう！」

哲五郎は抵抗されると興奮するのか、おれんを張り倒して、後ろから首を絞めた。

「く、苦しい……」

おれんは塩屋の下働きの男をやり込めてから、自分には体相応の力があると自覚した。

その自信はおれんにさらなる力を与えていた。

「やめとくれ……！」

渾身の力を込めて哲五郎の手を振りほどくと、哲五郎は勢い余って祠に頭をぶつけた。

「この尼……」

それが哲五郎の残忍さをかき立てた。

哲五郎は懐に呑んだ匕首《あいくち》を抜いて、

「ほら、その顔を切り刻んでやろうか……。どうだ、おい……」

狂気に顔を歪《ゆが》めて、じりじりとおれんに迫って来た。

──殺される。

おれんは観念した。

生きていてもまたこんな目に遭うのなら死んだ方がましだ。

だが、こんな獣より性質の悪い男にただ殺されてなるものか──。

その想いがおれんに捨身の一手を与えた。

ぐったりした風を見せ、隙をついて哲五郎の急所に手を入れ、思いきり握ってやったのだ。

「うむ……！」

この激痛に、さすがの哲五郎も悶絶して匕首を取り落した。

おれんはそれを咄嗟に拾い上げて、哲五郎の横腹を刺した。

昔、ろくでもない男の情婦でいた頃、

「人を刺す時は、相手に体を預けるようにして、刃を上にしてぶつかるんだ」

と、何度も聞かされたのを思い出したのだ。

「く、くそ……」

哲五郎はどうっと倒れた。

おれんは慌てふためき、なかなか手から離れない匕首を地面に叩きつけるようにして捨てると、脱げた草履、襟巻、手拭いなどを慌てて拾い集めて、これらをしっかりとござで包み、脱兎のごとくその場から立ち去った。

倒れた哲五郎は、ぴくりともしなかったのである。

五

それから二日の間。おれんは住処から一歩も外に出なかった。

暗闇で人気《ひとけ》のないところで哲五郎を手にかけたのだ。誰にもその場を見られていなかったとは思う。

だが、はっきりそうだとは言えまい。

哲五郎の仲間から仕返しを受けるかもしれない。いや、役人が自分を捕えに来るかもしれない。

色々な不安が錯綜《さくそう》したが、もう逃げたとて行くところもない。逃げるにも先立つものがない。

こうなればじたばたせずに家に籠り、なるようになればよいと覚悟を決めたのだ。

ところが、おれんの住処を訪れる者は誰もいなかった。

どうやら、自分に疑いはかかっていないらしい。

三日目となり、恐る恐るお夏の居酒屋に昼を食べに出かけた。

「妙な風邪をひいちまいましてね、商売あがったりですよ……」

などと言い繕い、粥に卵を落してもらって、養生していた風情を醸してみせた。

そうして周囲の声に耳を傾けてみると、遊び人の哲五郎が何者かに殺されたという噂話が聞こえてきた。

目黒不動裏手の丘にある祠で死んでいたそうな。

「まあ、ろくでもねえ奴だったから、何か金が絡むことでやられちまったんだろうなあ」

「骸《むくろ》には財布が残されていなかったってえからな」

「まあ、奴が死んでせいせいしている奴は多いだろうよ」

客達はおれんの姿を見かけると、

「姉さんも、巻き添え食わねえでよかったな」

と、声をかけていった。

知らず知らずのうちに、おれんは、居酒屋の常連客の一人となっていたらしい。出来るだけ客の少ない時にひっそりと食べに来ていたが、それでも皆はおれんの存在を認めてくれていたのだ。

おれんはそれが嬉しかった。

お夏もこの日はいつもより口数が多く、

「顔を見せないからどうしたのかと思っていたら、風邪をひいたのかい。だが確かに、風邪をひかなかったら、物騒なことに巻き込まれて殺されていたかもしれないね」

などと労るように言って、おれんの心の内をどきりとさせると、

「掃除の坊やには、先だっての十文の話はしておいたよ。といっても、奴《やっこ》さんはにこりと笑っただけだったけどね」

丑松について話してくれた。

昨日も遅がけにやって来て、いつもの削り節飯を食べて帰ったのだが、おれんの姿を目で求めていたようであったそうだ。

おれんはますます嬉しくなってきた。

店の様子からすると、自分に哲五郎殺害の疑いはまるでかかっていないようだ。

そして哲五郎は死んだのだ。奴に訴えられる恐れもない。

客達は、哲五郎が死んでせいせいしている者は多いと言っていた。

あんな奴は死んでしまえばよかったのだ。

人に誉められたとて、責められることはない。

殺さなければ殺されていたのだ。

おれんの心の内は次第に落ち着いてきた。

しかし、気になったのが、

「骸には財布が残されていなかった……」

という言葉であった。

無我夢中で逃げたが、その後何者かが哲五郎の死体を見つけ、これ幸いと財布を抜き取ったのであろうか。

とすればそ奴が自分の姿を見ていたかもしれない。

おれんはまた不安に襲われた。

その浮かぬ顔を、病み上がりゆえのものだと思ったのだろうか、お夏はちらりとおれんの方を見た。

おれんはお夏の目が恐かった。何を言われるわけでもないのだが、お夏にはいつも心の内を見透かされているような気がするのだ。

「女将さん、そんなら帰ってまた一休みするよ。やっぱり寒空の下を歩くと疲れちまうねえ……」

おれんはそう言って立ち上がった。

――もしや……。

その途端に頭に閃《ひらめ》くものがあった。

おれんは冷静を装いつつ、居酒屋を出ると思わず小走りになっていた。

お夏はその姿を見送りながら、

「まず元気になったなら何よりだよ」

と、ぽつりと言ったが、その目には鋭い光が宿っていた。

そんなお夏を見る清次の目にも同じ輝きがある。

昨夜店を閉める頃に、髪結の鶴吉《つるきち》が訪ねてきた。

鶴吉はお夏の生家である〝相模屋〟に出入りしていた髪結で、お夏の父・長右衛門《ちょうえもん》の下、悪人達の蔵を荒しまくった〝魂風《たまかぜ》一家〟の一人であった。

そしてお夏の母の仇を討った後も、お夏の人助けに一役買っているのだが、

「お嬢、哲五郎って野郎を始末しなすったかい」

その夜彼は、お夏を昔の渾名《あだな》で呼ぶと、そのように問うたのである。

「あたしが……？」

お夏は意外なことに目を丸くした。

「違ったのか……」

鶴吉は苦笑を浮かべた。

彼が懇意にしている牛町《うしまち》の仁吉《にきち》という御用聞きから聞いたところによると、哲五郎という破落戸《ならずもの》が目黒不動裏手の丘で殺された。

調べてみると、その前に哲五郎は女と歩いていたようだ。

見かけた者がいたのだが、闇夜でそれが何者かまではよくわからなかった。

哲五郎が夜鷹を買いはしまいし、その匕首での殺され様を見ると、

「とてもじゃあねえが、その辺りの女ができたもんじゃねえや」

それほど鮮やかなものであったらしい。

というわけで取り調べは、哲五郎は悪事の取り引きに絡んで消されたのだという ことに落ち着きつつあるという。

もっとも、鼻つまみ者の哲五郎の死を悲しむ者もなく、役人の目は哲五郎がどんな悪事に手を染めていたかに注がれているようだ。

とはいえ、鶴吉はその話を聞いて、

「てっきりお嬢が、悪い奴を始末したんじゃあねえかと思いやしてね」

無理もない。

その辺りの女にはとても出来ない殺しであるならば、鶴吉の頭に浮かぶのはお夏しかいない。

「ふふふ、そんな奴ならあたしが始末してやりたかったね。だが、どこで疑いをかけられるか知れたもんじゃあないよ。くわばら、くわばら……」

その場は笑い話ですませたが、お夏はふっと胸騒ぎを覚えた。

「でも、まさかねえ……」

女ながらも武芸の達人であるお夏だからこそわかるのだ。おれんがそこまでの腕を秘めていることなどありえないと。

その呟きに、清次もまた頷いてみせた。

六

住処の小屋に帰ったおれんは、床下に放り込んだままにしていたござをそっと取り出した。

あの日は我を忘れて、そこいらにある物をここへ放り込み、ぐるぐる巻いて抱くようにして逃げてきた。

そして、すぐに床下へ入れて、小屋に籠った。

中には哲五郎の血が付いた襟巻や、血の付いた手で触った銭の入った財布などが入っているはずで、それを見るのが恐かったのだ。

もしも役人に踏み込まれたら、たちまち証拠の品になるに違いなかったが、彼女にとって人を殺したという事実は、そんな思考をもどこかへとばしていた。踏み込まれるようなことがあれば、証拠の有る無しではなく、既にその時点で自分は死んだも同じなのだ——。

その諦めに彼女は支配されてしまっていたのである。

ところがお夏の居酒屋に恐る恐る行ってみると、自分は疑われてはいない現状がわかったが、気になるのが哲五郎の財布であった。

あの時、気が動顛して何をどうしてあの場から立ち去ったか覚えていないが、もしやあのござに一緒にくるんでいたのではなかったかと思えたのだ。

入れた覚えはないものの、敷いてあったところに落ちていたとすれば、そのままくるんだかもしれない。

おれんは力いっぱいござを抱き締めて、何ひとつ落すものかと駆けたのだ。紛れていたとておかしくはない。

「やはり……」

ござを広げてみると、果して男物の財布が出てきた。

しかもずしりと重たかった。

中には十五両が入っていたのだ。

この重みが気にならなかったとは、何と自分は取り乱していたのであろうか。

我に返ったおれんは、金の上に寝そべった。

誰が見ているわけでもないが、初めて拝んだ大金に慌ててしまったのである。

――どうしよう。

おれんの心は千々に乱れた。

何者かが哲五郎の死体から財布を抜き取ったという可能性はこれでなくなった。

しかし、自分は男を殺し、そ奴の金を奪ったという罪を犯したことになる。

その事実が彼女の良心を刺し貫いた。

おれんはしばし寝そべったまま思い入れをした。

そのうちに自分を人とも思わず、残虐な扱いをして己が望みを果さんとした、哲五郎の醜い姿が浮かんできた。

以前にも好き者によって、夜鷹が惨殺されたことがあった。

あの男から見れば、自分のような女も虫けらと同じなのであろう。

ひどい扱いを受け、それでも明日を生きんとする女に、毛筋ほどの情もなく、いたぶって闇に葬らんとした哲五郎は人間ではない、鬼だ。

——あたしは鬼を退治したんだ。

十五両の金は、盗まんとしたのではない。偶然に自分の手に渡ったのだ。桃太郎が鬼退治をして宝物を持ち帰ったのと同じようなものではないか。

自分のようなひどい目に遭わされる女達のために奴を殺した。そしてこの金は、他人のために使おう。

そうだ。あの丑松のために使おう。

まず自分が何か小商いをして、丑松に手伝わせ、まっとうに働けることの喜びを二人で知るのだ。

そのために町を出よう。遠く離れたところで母子として暮らし、二人で立派になって困っている人に手を差し伸べるのだ。

そういう自分を、神仏は許してくれるであろう。いや、未だに自分に殺しの疑いがかかっていないのは、既に許しを得たゆえではないだろうか。

他人のために何かをせんとする想いは、これほどまでに自分に生きる気力を起こさせてくれるものなのか――。

おれんはむっくり起き上がると、床下に隠してある壺を取り出した。

そして入っていた銭を出し、そこへ新たに十五両の金を入れた。

黒ずんだ銭が金色に変わり、壺の中から美しい光が外へと漏れていた。

おれんは用心深く金壺を床下に隠すと、外へ走り出て酒を一升買ってきて、勢いよく飲んだ。

その日は酒の力を借りて、すぐに眠りについた。

目が覚めたら生まれ変わった自分になれると信じて。

果して翌日。

おれんは昼過ぎに目覚めると、四肢に力が漲っているのを覚えた。

久しぶりに自分で飯を炊き、梅干で軽い食事をすませると、それから湯屋へ行って体を清めた。

何やら本当に生まれ変わった気がした。

今日から客は取らぬと決めた。

もう今までの自分ではいけないのだ。

化粧っ気のない顔で、出来る限りこざっぱりとした形をして、おれんは小屋を出た。

とにかく丑松を捉まえるつもりであった。

見かけたら、そのままお夏の居酒屋へ連れて行くのだ。

思えば願いは叶うものらしい。

目黒不動門前の参道を、竹箒を手にふらふらと歩いている丑松をすぐに見つけることが出来た。

どこの店先を掃除してやろうかと物色をしているらしい。

店の者達の中には、どこに来るのか賭けてニヤニヤしている者もいるかと思えば、あからさまに嫌な顔を向けている者もいる。

いずれにせよ、丑松が一人の人間として見られていないのは確かである。

おれんは臆せず丑松の傍へ寄ると、

「ちょいと、付合っておくれな」

丑松の肩を叩いた。

「あ……?」

丑松はぽかんとしておれんを見た。明らかに前に会った時と様子が違って見えたからだ。

「付合う……？」

いつもながら丑松の口数は少ない。

「前に言ったろ。今度はあたしがおごるってさ。行くよ……」

おれんは有無を言わせず、丑松を促して歩き出した。

「姉さん、おごるって、どこへ行くんだよう……？」

「あたしとあんたの行く店は、ひとつしかないだろ。好いんだよ。誰が店にいようが、大手を振ってお入りよ」

堂々たる足取りで道行くおれんを見て、

――やはりいつもの姉さんとはちょっと違う。

首を傾げつつ、丑松は後をついて歩いた。

不思議な感覚であった。

人から声がかかる時は、用を頼まれるか、怒鳴られるかしかないのだ。

おごってやるからついてこいと言われても、どんな顔をしていいのかわからなくなるのである。

七

「あたしのような者が、お騒がせして、申し訳ありませんねえ。昨日の晩はすっかり元気が戻って稼ぎに出たら、物好きなお客に当って、祝儀を弾んでくれたんですよ。それで嬉しくなっちまいましてね。もう今日は稼ぎに出るのはやめて、掃除の坊やにこの前の借りを返そうと思った次第で……」

恥ずかしそうに横に腰かけている丑松を尻目に、おれんはお夏の居酒屋で、大いに飲んで語った。

この日はまた、夕方から不動の龍五郎と、口入屋の若い衆、政吉、千吉《せんきち》、長助《ちょうすけ》、車力の為吉、米搗きの乙次郎、駕籠屋の源三、鳶《とび》の文次《ぶんじ》、茂助《もすけ》といった常連の総登場といった感があり、皆一様に、

「姉さんがこんなに喋るとは思わなかったぜ」

と喜んだ。

常連が大勢いるところには入りにくいかもしれないが、そんな遠慮は一切いらないのだ。自分達とてろくなもんじゃないのだからと、皆がおれんと丑松に構ったものだ。

おれんは、まだ哲五郎を殺した衝撃が頭の中から抜けていなかった。それゆえ悪夢から逃れようとして、さらに能弁になったと言える。

しかしそれ以上に、生まれ変わるためには、あらゆる想いを吐き出して、人と言葉で交じわらねばならないと、意気込んだのである。

とはいえ、塩屋の〝杉さん〟をやり込めた話は抜きにした。

何やら自分を誇示しているようで気が引けたからだ。

道で丑松に出会ったので、恰好をつけて田楽豆腐をおごってやると言ったものの持ち合わせがなく、逆におごってもらったので、その借りを返そうと思ったのだと話すと、大いに受けた。

「このまま引き下がっては女がすたりますからね。それでこの坊やを……、いや、坊やってえのもなんだね、掃除の兄さんと呼ばせてもらうよ。ええ、それで掃除の兄さんを無理矢理引っ張ってきたんですよ……」

龍五郎は常連の肝煎として、大きく相槌を打ち、

「で、同じ連れてくるなら賑やかな時分を見計らって来たわけかい」

「はい。そんなところです。掃除の兄さんも日頃は隠れるように店に来ているから、引っ張り出してやろうと思いましてね」

「そうかい。そいつはよかった。おれ達は、姉さんと掃除の兄さんについて、ちょいと知りてえと思っていたのさ」

龍五郎は、野暮なことを言うつもりはないが、竹箒を手に小銭を稼ぐ若いのに興をそそられていたところを、見事におれんに先を越されてしまったと苦笑いを浮かべたのだ。

こんな時お夏は、床几の隅に腰をかけて、ぼんやりと煙管を使っているのがお決まりで、清次はせっせと料理を拵える。

この日は湯豆腐が出た。ふんだんに削り節をかけ、醤油を昆布出汁で薄め、おろししょうがと刻み葱を加えたたれに付けて食べるのが堪らぬ美味さであった。

さらに油揚げを炙ったのにも、清次は厚めに削った鰹節をかけて出して、いつもと違う削り節を丑松に食べさせてやった。

「姉さん、おいらはいつものもので飯が食えたらそれで好いんだよ」

丑松は料理を一口食べる度に、その美味さを嚙み締めていたが、大人達に囲まれて話すのには慣れておらず、張り切るおれんに小声で言った。

「何を言っているんだよ。あたしがおごると言って、いつもの削り節をぶっかけた飯を食べさせたのでは、何とも侘しいじゃあないか。大した物を振舞っているんじゃあないんだ。黙って食べな。それから、兄さんと呼び名を改めたんだ。一杯おやり」

おれんの勢いは止まらなかった。

「いや、でも……」

「でももへちまもあるかい。あんたはろくな稼ぎをしちゃあいないが、あたしなんかより余ほど立派さ。誰にも頼らず生きているんだ。酒飲んだって罰は当らないよ！」

おれんは強く言って酒を勧めた。

「姉さんの言う通りだ。ちょいとばかり飲めば気が楽になるぜ」

龍五郎は言葉を添えてやった。

彼にはおれんの想いがわかった。

自分に似たところがあり、絶望を受け容れつつ日々暮らしている丑松を励ますことで、おれんは己が人生に光明を見出さんとしていることを。

龍五郎は、丑松を見限っていた自分を恥じる想いであった。

おれんは丑松の閉ざされた過去や、殻に閉じ込もってしまっている彼の心を、何とかして開かせようとしているのだ。

頼まれて人に仕事を与えるばかりが口入屋ではないと、おれんに教えられた気がした。

おれんの気合に押されて、丑松は盃を少し掲げてみせて、注がれた酒を口に運んだ。

生まれて初めて飲んだわけでもないようで、飲み方は堂々としていて、

「何でえお前、いける口じゃあねえか」

政吉が傍へ寄って注いでやった。

おれんはそれを見て喜んで、

「掃除の兄さん、丑松さん、丑さん、ふふふ、よかったねえ、構ってもらって。ま

あ、こんな小母さんに構われちゃあ、あんたも気味が悪いだろうが、あたしには子供の頃に離れちまった小さい弟がいてねえ。生きていりゃあ、あんたみたいな暮しを送っていたのかもしれないと思うとちょっとばかり気にかかるんだよ。ここまでくるのに、どんな暮らしをしてきたんだい？」

と、明るく訊ねた。

丑松は口ごもったが、大勢の大人からやさしくしてもらった興奮にほんのり回ってきた酒の酔いも相俟《あいま》って、

「物心がついた時には、旅廻りの角兵衛獅子《かくべえじし》の一座にいたよ……」

遂にぽつりと過去を口にした。

「かわいがってもらったかい？」

誰かが問いかけた。

「いや、鬼のような親方さ」

「で、逃げ出したのかい？」

他の誰かが問うた。

「親方が死んじまったのでね……」

それからは、堰《せき》を切ったように丑松は語った。

「どさくさまぎれに逃げ出して、そこからいつの間にか一人になって……。どこかの見世物小屋で雇ってもらおうかと思ったこともあったけどね、親方のおっかねえ顔を思い出すと、腰が引けてね……。それで、今の商売を思いついたんだ……」

同じようなことをしていた者を旅の間に見たのであろう。丑松は流れ流れて、掃除の押し売りをしながら食い繋いできたようだ。

客達は、予想通りの生い立ちに大きく頷いてみせたが、丑松のこれまではわかったものの、やはり聞いてみると、声のかけようもなかった。

「そうかい、やっぱりそんなところかい！」

そこへ、おれんが明るい声をかけた。

「ふふふ、あたしと同じようなもんだね。あたしは孤児になって、人買いに売りとばされて弟と別れちまったのさ。あんたは利口だよ。鬼みたいな奴の許に身を寄せると、売られてばかりだからね。よく逃げ出して一人で生きているよ。あんたみたいな育ちをした奴は、性根が捻《ね》じ曲がったのが多いのだけど、丑さんはあたしなんかに田楽をおごってくれた。あんたは偉いよ」

店の者達はにこやかに相槌を打った。

これでよいのだ。誰も丑松の生き方に説教は出来ないはずだ。

悪い大人に子供の頃いたぶられると、大人が信じられなくなるものだ。

だが、こうして飲んで話しているうちに〝渡る世間に鬼はない〟と、次第に気付いていくだろう。

おれんもまた、ろくでもない男達に騙され、いたぶられて生きてきたに違いない。

それゆえ、頭ではわかっていても、お夏の店の常連達とは交じわり辛かったのであろう。

それをこうして出て来たのは、自分を見ているようで哀れに思えた丑松を、何とかしてやりたい一心だったに違いない。

それから店の常連達は、おれんと丑松の話を引きずらず、自分達の馬鹿話を始めた。

おれんは今度は聞き役に廻りよく笑った。

ひきつったような笑いを浮かべていた丑松の表情も、いつしか澄み切った若者の笑顔に変わっていた。

やがて、おれんは上機嫌で丑松を伴い店を出た。

「お前ら、ちょいとあの二人のことを気にかけてやんなよ」

龍五郎は店の中で客達に一声かけ、お夏は外まで見送ってやった。

お夏の目は炯々《けいけい》としている。

おれんの身のこなしを確かめんとしたのだ。

力はありそうだが、女の仕業とは思えない殺しが出来るようにはやはり見えない。

「気をつけてお帰り……」

お夏の声はいつもの調子に戻ったが、先ほどから時折居酒屋の内を窺う者の影を感じていて、今またその気配がして再び目を光らせた。

おれんは丑松と二人、冬の夜風をほてった体に楽しみながら意気揚々と行人坂を下りて行く。

お夏はしばし五感を研ぎ澄ますと、やがて居酒屋へと戻っていった。

八

並んで夜道を行くおれんと丑松は母子のように映った。

おれんは、お夏の店で常連客の真ん中に入り、そこに丑松を引っ張り出して大いに語るという、彼女にとっての大仕事を終え、ほっと一息ついていた。

もうすっかり忘れていた、人間らしい心地よさである。

丑松は、稼ぎの時以外はひたすら接触を避けていたむくつけき男達から、仲間扱いされた実感が、歩くうちに湧いてきた。

自分も大人の扱いを受けた。生まれて初めて覚える興奮である。

「あんたも、もう一人前ってことさ。びくびくしていないで男を磨きなよ」

おれんにそう言われて、意欲が芽生えたのだ。

だが、それを表現する手段が、まだ丑松には見つからなかった。

物乞い同然の暮らしに慣れてしまった十五の少年が、あの居酒屋に集う男達と同等に向き合えるはずもない。

とはいえ、今まではそんな考えすら浮かんでこなかった丑松であった。

悩むことで、彼に男としての自我が生まれたのは確かであった。

その心の隙間を認めて、

「丑さん、あたしと一緒に暮らさないかい。どこか遠くの町へ行って、母子として一緒に何か小商いでもして働いて暮らすのさ」

と、おれんは持ちかけた。

「だが姉さん、働くったっておいら……」

丑松は真っ直ぐにおれんを見た。

「あんたはあたしを手伝ってくれたらいいのさ。あたしはねえ、いつまでも夜鷹なんかしているつもりはないんだ。諦めるのはもうよそうと思ってねえ。少しはお金も貯めてあるんだ。たとえば煙草屋でも開いて、丑さんが煙草を刻んであたしが売るとか、働き方は色々あるさ。あんたとあたしなら似た者同士だから、まっとうに働くってことは何なのか、それを見つけながらやっていけるさ」

「おいらが邪魔だよ」

「そんなことはないよ。あたしにはあんたが要るのさ。丑さんが一人前になるのを見届けたい、それがあたしの楽しみなんだよ」

「姉さん……」

丑松は飲み慣れぬ酒の酔いが、ここへきて回ってきた。

おれんはあまり追い詰めてもいけないと思い、

「すぐに返事しろとは言わないよ。でも、ちょいと楽しそうな話とは思わないかい」

軽やかに言った。

丑松はしばし思い入れをすると、

「うん、楽しそうだね。おいらは、姉さんが好きだ。おいらに構ってくれてありがとう。好い返事ができるように考えるよ」

いつしか別れ道にさしかかっていた。

丑松はそれだけを言い置くと、にこりと笑って左へと曲がっていった。

別れ際でなければ恥ずかしくて言えなかったのであろう。

「あたしが、好きだってさ……」

おれんは満面に笑みを浮かべた。

丑松は応えに窮していたが、この先何度も勧めれば、居酒屋に集う男達の姿を手本に、彼はきっと自分の言うことを聞いてくれるはずだ。

おれんは満足であった。恐ろしい目に遭ったが、金も手にした。この先の人生を生き抜く勇気も出た。丑松の愛情も得た。正しく〝災い転じて福となす〟ではないか。

おれんは足取りも軽く、曲がり角を右へと歩き出した。

そこで何者かに呼び止められた。

「おれん、何だか楽しそうじゃあねえか……」

「お前は……」

おれんは怪訝《けげん》な表情で声の主を見た。その刹那、嫌な汗が流れた。

夜道に立っていたのは、牛の卓二郎《たくじろう》であった。

夜鷹数人の用心棒と客引きなどをしているのだが、かすりだけ取ってほとんど何もしていないので、女達から不評を買っている四十絡みのろくでなしである。

「何か用かい？」

おれんは、やっと幸せな想いに浸ることが出来た今、こんな奴に会うとはついていないとばかりに素っ気なく返した。

「お前、随分と稼いだみてえじゃあねえか。ちょいとばかり分け前をよこせよ」

卓二郎は薄ら笑いを浮かべた。おれんはどきっとしたが、

「分け前を渡せるほどの稼ぎがあるわけないだろう」

即座にはねつけた。

「そもそもあたしはあんたに守ってもらったことなんてないよ」

「これから守ってやろうじゃあねえか」

「お断りだね。守ってもらうほど、あたしに稼ぎがないことくらい知っているだろう」

「いや、十五両ばかり稼いだはずだぜ」

「何だって？」

卓二郎は見ていたのか——。

おれんに戦慄が走ったが、彼女は動揺を抑えんとして、

「馬鹿言っちゃあいけないよう」

惚《とぼ》けてみせた。

卓二郎はそれを嘲笑うように、

「白ばっくれるんじゃあねえや。お前が哲五郎を匕首で刺して、財布を持って逃げたのはお見通しなんだぜ」

おれんは平静を装いつつも、体が震えて声が出なかった。

「あの日、哲五郎の奴は賭場でつきについて十五両を稼ぎやがったんだ。だがよう、その元手を出してやったのはおれなのに、あの野郎ときたら、知らぬ顔を決め込んで、おれにただの一両もよこさねえ……」

ろくでなし同士、二人は以前からつるんでいた。

日頃から哲五郎の横暴に腹が立っていた卓二郎は、今日こそは思い知らせてやると息まいた。

それで、哲五郎の姿を求めて方々歩き廻ると、それらしき男が女連れで歩いているのを見たという。

「あの野郎は時折体のでけえ夜鷹を買うと聞いていたからよう。いたしているところに殴り込んでやろうと思ったら、目黒不動の裏手でお前が走り過ぎるのを見かけたのさ……」

それで行ってみれば祠の傍で、血まみれになった哲五郎を見つけたと言う。

「まあ、手間が省けたと思ったが、肝心の財布がなくなっていた……。お前が盗んだんだな……」

卓二郎は、なめ回すような目でおれんを見つめた。

「ちょっと待っておくれよ……」

「心配するな。おれは誰にも言わねえよ。とにかく、一刻（約二時間）後にあの祠に金を持って来い。逃げようったってそうはいかねえぜ、来なけりゃあどんな手を使ってもお前を追い詰めてやらあ。あの掃除の馬鹿と一緒にな……。待っているぜ」

そして有無を言わせずおれんに言い捨て、闇夜に消えていったのである。

九

やはり悪銭は身につかない。

おれんは幸せな想いから一転、地獄に引きずり下ろされた。

いっそこのまま逃げてやろうかと思ったが、丑松を巻き込むことになってはいけない。

一緒に逃げると共犯になるし、このまま置いておけば、あの卓二郎のことだ。何をするかわからない。

取るべきはただひとつ、言われた通りに金を渡すことであった。

おれんは床下に隠した金壺をさらに、外の欅《けやき》の根元に埋めていた。

卓二郎はおれんの住処を突き止め、留守を見計らって、きっと小屋の中を調べたのに違いない。

しかし、そこには既にないのを見て、脅しをかけてきたのだ。

既に哲五郎の財布は燃やして消し去った。

十五両は、鬼から奪い取った宝物であったが止むを得まい。卓二郎に渡そう。

一両や二両おこぼれをくれるかもしれぬではないか。

いや、そうもいくまい。

卓二郎はあの祠に来いと言った。人知れず金の受け渡しが出来る最上の場所かもしれないが、卓二郎が後腐れのないように、おれんの口を封じるにはうってつけの場所とも言える。

あの悪党ならやりかねない。

おれんは壺を掘り出し、金を胴巻に入れると、言いようのない怒りがもたげてきた。

自分を嬲《なぶ》り殺しにせんとした哲五郎を殺したのは、避けられぬ行いであった。

金を手にしたのも偶然の産物ではないか。

それをさらにねたにして、おれんから金を巻きあげんとする卓二郎もまた鬼である。

哲五郎同様、殺される前にあの男を殺してやる。

弾みで殺してしまった哲五郎の時と違い、おれんにはっきりとした殺意が生まれていた。

おれんは一番頑丈に出来ている鉄製の平打ち簪《かんざし》をゆっくりと髪に挿した。

何度も質へ入れようと思ったが、護身にもなると手放さなかったものだ。

これで殺してやる――。

一旦弱味を握ったら、女の骨までしゃぶりつくすのが卓二郎のような男なのだ。

もちろん相手も凶悪な男であるから、容易くはいくまい。しかし、刺し違えてでも勝負をしてやる。

その想いがおれんをすっかり狂わせていた。

やがて一刻が経っておれんは、件の殺害場へと十五両を持って出かけた。

辺りは既に漆黒の闇に包まれていた。

新たな人生への旅立ちに胸をふくらませていた自分が滑稽で仕方なかった。

「おう、よく来たな。ふッ、まあ来るしかねえか……」

祠に着くと、既に卓二郎は来ていて、闇の中で不敵にほくそ笑んでいた。

「金は持って来たか」

「ああ、十五両あるよ」

おれんは金包みを差し出すと、

「ほう、まるで手をつけなかったとは恐れ入るぜ」

卓二郎は、おれんに背を向けて金を数え始めた。

おれんはその姿を睨みつけながら、髪に挿した簪に手をやったが、

「その簪でおれをやろうってえのかい……」

卓二郎はどすの利いた声で言った。さすがにこの悪党も抜かりはない。

おれんは機先を制されて言葉が出なかった。所詮はこういう修羅場を潜ってきた男には敵わぬものか。

「お前、哲五郎を匕首で刺して、殺してやったと思っているのかもしれねえが、奴はお前に刺されたくれえじゃあくたばらねえよう……」

卓二郎はおれんに向き直ってニヤリと笑った。

「そんならあの男はお前が……？」

「へへへ、おれが野郎を見つけた時、まだ息をしてやがったのさ。あの野郎、助けてくれなんて人並なことをぬかしやがって、まったくお笑い草だぜ。それでまあおれが楽にしてやろうと、喉をざくッとよ……」

「そうだったのかい」

「ありがたく思いな。おれが止《とど》めを刺したから、お前に疑いはかからなかったんだぜ」

哲五郎は首をざっくり切られていたらしい。その辺りの女ではとても出来ない手口とはこのことであったのだ。

「といっても、今日まで生き延びられただけのことだがな。ご苦労だったな……」

卓二郎はゆっくりと金包みを祠の傍へ置いた。

「やられて堪るか……」

おれんは簪を抜き取るや、卓二郎に襲いかかった。

不意を衝かれたものの、卓二郎は喧嘩慣れしている。

「好い気になるんじゃあねえや、この尼……！」

たちまち簪を叩き落し、懐に呑んだ匕首を抜いた。

「こいつに見覚えはねえかい。お前が哲五郎の野郎を刺した匕首だよ……。ふん、夜鷹風情が人並に夢を見るんじゃあねえや！　死にやがれ！」

卓二郎がおれんを刺し貫かんとした時であった。

「死ぬのはお前さ……」

新たな女の声が聞こえたかと思うと、

「誰でい……！」

その言葉を最後に卓二郎は、ざくりと喉を切られて崩れ落ち息絶えた。

突如現れた御高祖《おこそ》頭巾の女が、手にした朱鞘の短刀を一閃させたのである。

あまりの早業におれんは呆然として、女を見た。酷《むご》たらしい殺しの一撃が、天女の舞のように映ったから不思議だ。

「恐がることはないよ。あたしは女の味方さ」

天女は整った顔立ちを暗闇にかすかに浮かべて、やさしく言った。

「さあ、そのお金と簪を持って、早くお行きなさい」

「でも……」

逡巡するおれんであったが、

「お前はこの男にお金を奪われた上に殺されそうになったところを、あたしに助けられた。ただそれだけのことさ。そのお金はお前にとって、これから人を助けて生きていくのに大切なものなんだろう？　さあ早く！」

女の厳しい声にせき立てられて、おれんは言われた通りに金と簪を手に駆けた。

女はそれを見送ると、傍にそそり立つ杉を見上げて、

「恐がることはないから下りておいでな」

と言った。

すると、猿《ましら》のごとく木の上から下りてきたのは丑松であった。

丑松は、おれんと別れた後、おれんが怪しげな男に脅されていると見てとって、そっと様子を窺いここまでやって来て木の上から見ていたのだ。

子供の頃に覚えた角兵衛獅子での身のこなしは、今も体に沁《し》みついていたようだ。

それでおれん危うしと見て、助けに下りようとしたところに天女の如《ごと》き女が現れたので、その間合を失ったのであった。

「あの姉さんを守ってやろうとしたのかい」

女はやさしい声で問うた。

丑松はこっくりと頷いた。

「そいつは邪魔をしたねえ。それだけの身のこなしと勇気があれば、あんたは好い男になれるよ」

女は慈愛に充ちた目差しを向けると、

「さあ、あんたもお行き」

この場から離れるように促し、自らも暗闇の中に姿を消したのである。

十

天女の正体がお夏であったのは、もはや語るまでもない。

おれんが丑松と居酒屋にいるのを、ちらりちらりと窺う影に気付いたお夏は、清次に二人をつけさせた。

するとおれんに卓二郎が絡んでいるのを認め、これを丑松もまた窺っているのに気付いたのだ。

卓二郎もそこは小悪党で、頭が悪い。

清次と丑松に様子を窺われているのに気付かずに、ことに及ばんとしたのであるから。

やがて朝がきて、祠の前で喉を切られて死んでいる卓二郎が見つかった。死んだところが哲五郎と同じということもあり、役人が調べてみると、

「哲五郎が殺された夜、卓二郎が奴の居どころを探っておりましたよ……」

そんな声が聞こえてきた。

卓二郎の骸の傍に落ちていた匕首は哲五郎の物であったこともわかった。

卓二郎が哲五郎を殺し、その報復を受けて彼もまた殺された。

悪人共のちょっとした抗争に違いないとされたが、哲五郎同様に卓二郎の死を悼む者は一人もいなかったのであった。

三日が経って、お夏の居酒屋におれんが現れた。それは常連達がいない昼下がり

のことであった。

「女将さん、あたし、この町を出ようと思っていますよ」

おれんはそっとお夏に告げた。

「そうかい。貯めたお金で小商いでもするかい」

「ええ、まだ何をしようか迷っているのですがねえ」

「そいつはおめでたいことだね」

「よくそんなにお金が貯まったもんだ……、女将さんは訊かないんですねえ」

「そんな問いかけは大きなお世話さ。あんたがしていた仕事は、何かの拍子にとんでもない物好きと出会って、びっくりするほどの祝儀をもらったりもするものさ」

「ふふふ、それは確かに……」

「だがそんな稼業は危ない目に遭うこともあるし長続きはしない。だから他所でやり直すんだろ」

お夏は、決して夜鷹の仕事を否定しない。

それがおれんの胸を熱くしていた。

「それで、掃除の兄さんをそこで雇ってやるのかい」

「ふふふ、そのつもりだったんですがねえ。あの兄さん、姿を消しちまったんですよ」

おれんは、溜息交じりに言った。

その後丑松は目黒から姿を消してしまった。

おれんには自分を避けて出ていったと思えるのだ。

「姿を消しちまったか……。二日前に、握り飯を拵えてくれと言ってきてね。削り節を混ぜ入れたのを拵えてやったんだが、そうか、それを持ってどこか遠くへ行っちまったのかねえ」

お夏は縄暖簾の向こうを眺めながら、しみじみとして言った。

「そんなことがあったんですか」

おれんは嘆息した。

「構ってくれるのは嬉しいが、それではあんたに迷惑がかかりそうだ……、あの子はそう思ったんだろうね」

「大丈夫ですかねえ」

「大丈夫さ、そんな風に人のことを思いやれる立派な男になったのさ」

「立派な男に……」

「あんたが男にしてやったのさ。生きていれば、またきっと会いに来るさ。立派な男になったのを見てもらいにね」

おれんは大きく頷いた。

そうだ。店を開くなら小さな一膳飯屋にしよう。

天から降って湧いたようなあの十五両は、貧しい者達のために使おう。

名物は削り節を混ぜ込んだ握り飯だ。

それを腰に下げて、男達は仕事に向かうのだ。

いつかそれを求めに、立派になった丑松がやって来るだろう――。

おれんの瞳がたちまち輝いてきた。

お夏はその光を愛《め》でるように、

「生きていくってえのは、楽しいもんだねえ」

おれんを見つめてぽつりと言った。

第四話　雪見酒

一

「嫌だね。あたしは雪見酒なんてごめんだよ」

お夏がしかめっ面で言った。

「いいじゃあねえか。婆ァの傍には、ちゃあんと火鉢を用意してやるからよ」

不動の龍五郎が宥めるように言った。

江戸は師走に入って、ぐっと冷え込んできた。

このところは雪の降る日が多く、お夏の居酒屋に集う常連客達が、こういう折だから皆で打ち揃って雪見酒をしようとなったのだ。

目黒川の北側は風光明媚な台地が広がっている。

茶屋坂を上った中腹にあるのが有名な爺々《じじ》が茶屋で、将軍が鷹狩の際によくここへ立ち寄り、茶屋の主人を〝爺《じい》、じい〟と呼んだことからその名が付いた。

常連客達が言うところでは、爺々が茶屋をさらに上ったところに苫屋《とまや》があり、雪が降ってきたとてしのげるらしい。

「うん、そいつはおもしれえ。あの苫屋ならおれも知っているが、あすこなら見渡す限りの雪景色を拝めるってもんだ」

この話に龍五郎が食いついた。

そこに七輪と鍋を持ち込み、具材を持ちよって味噌仕立で熱い汁を拵え、燗酒《かんざけ》でほくほくと温まろうというのだ。

「清さん、味付けを頼んだよ。店から出張ってもらうんだ。その辺りの手間賃はきっちりと払わせてもらうからよう」

龍五郎がそんな提案をすると、

「あら、それは楽しそうねえ」

と、仏具屋の後家・お春がすぐに乗って、その手間賃なら任せておけと盛り上げた。

物好きというなら町医者の吉野安頓もそうとうなもので、

「雪の中で熱い汁と酒か……。うん、任せておけ、医者がいれば皆も心強かろう」

と、続いたのだ。

「そいつは確かにおもしろそうで……。だがどうだろうねえ」

清次がにこやかに客達を見廻しつつ、お夏の方へ目をやると、お夏はやれやれといった表情で、

「まあ、清さんさえよければ行っておいでな」

煙管で煙草をくゆらせながら言ったものだ。

それを見た龍五郎が、

「何でえ婆ァ、お前は行かねえってのかい？」

日頃の口喧嘩を雪見の宴でも続けたいのか、お夏を咎めたのである。

「あの苫屋ならあたしも知っているよ。何が雪をしのげるだい。あすこは屋根はあっても壁がないんだよ。横からいくらでも雪が降り込んでくるよ」

「だからよう、火鉢は用意すると言っているんじゃあねえか」

「そうだよ小母さん、何なら野点《のだて》で使うようなでけえ傘をかけてやるぜ」

横から乾分の政吉が言った。

「あら、野点の傘ねえ、白い雪の中に赤い傘が映えるわねえ」

また、お春がうっとりとした。

「ああ、付合ってられないよ……。好い具合に雪が積もってくれる日がきたら考えておくよ」

お夏はうんざりとして応えた。

早くこの話から逃れたいと思った時、おあつらえむきに新たな客がやって来て風向きが変わった。

「いらっしゃい……」

お夏の顔が思わず綻んだ。

客は濱名茂十郎《はまなしげじゅうろう》と、近頃よく店に来るようになった五十過ぎの武士・田渕兵左衛門《たぶちへいざえもん》であった。

「何だい？　雪見酒がどうとか聞こえてきたが？」

茂十郎が頰笑んだ。

「へい……。まあ、その、痩せ我慢をしながら風流を楽しむってところですかねえ」

龍五郎が頭を掻いた。

「痩せ我慢か、大いに結構じゃ」

兵左衛門が頷いた。

予《かね》てからの望み通り、茂十郎は南町奉行所同心の職を、兄の子である又七郎《またしちろう》に譲り、近頃は方々の剣術道場で剣を学び、また師範達に請われて出稽古に赴き、悠々自適に暮らしていた。

お夏との共通の敵・千住の市蔵こと小椋市兵衛《おぐらいちべえ》は、お夏に討たれ、茂十郎によって千住一家は滅んだ。

戦いの中で、お夏の正体に触れた茂十郎は、致仕した後、ほとぼりを冷まさんとして目黒にしばらく寄りつかなかったのだが、

――そろそろ好いだろう。

と、一月ほど前から兵左衛門を伴って居酒屋に顔を出すようになり、以前から彼を慕っていた常連客達を喜ばせていた。

連れの田渕兵左衛門は、白金四丁目の〝早道場《はやみちば》〟と呼ばれるところに、神道無念流の剣術道場を開く剣客である。

茂十郎とは旧知の仲で、彼が同心から身を引いた後は、是非出稽古に来てもらいたいと以前から願っていた。

そして茂十郎がそれに応えて田渕道場に足繁く通うようになり、お夏の居酒屋へ誘ったところ、兵左衛門はすっかりと気に入り、近頃は一人でもぶらりと来るようになったのである。

この兵左衛門の俄な登場には、龍五郎やお春といった目黒の年配の住人達は大いに沸いた。

〝早道場〟というところは、辻斬りや追剝《おいはぎ》が出没する寂しいところで、誰もが足早に通り過ぎることから〝はやみちば〟と名付けられたという。

道場を構えるならば、そんなところでこそ意義がある——。

そう考えて、兵左衛門がこの地に田渕道場を興したのが、二十五年前のこと。

そして兵左衛門は道場を開くや、二人組の凶悪な追剝を見事に討ち倒したのである。

この一件で、田渕兵左衛門の剣名は目黒界隈に響き渡った。

龍五郎などは、

「あの先生が追剝退治の御方かい……」

とばかりに、そっと田渕道場を覗きに行ったものである。

お夏と清次は、目黒に来てから六年ばかりであるから、その辺りのことは知らなかったし、政吉達もまだ子供の頃ゆえ、あまり印象に残っていないが、当時を知る者には、

「目黒の豪傑」

として、今でも心に残っているのだ。

「そりゃあもう、大した評判だったんだぜ。まさか先生とこの店でお近付きになれるとは、思ってもみませんでしたぜ。おう、皆、先生に酒をお注ぎしねえか！」

龍五郎の喜びようは傍で見ていて頬笑ましく、常連客達はこうなると皆一様に、先生、先生と兵左衛門を歓待したのである。

「いやいや、昔のことじゃよ。今では弟子に一本取られっ放しでのう、困ったものじゃ」

兵左衛門もこれに飾らぬ人柄で応え、

「目黒にこのような好い店があったとは、濱名殿には礼を申さねばのう」

すぐに馴染んだのである。

この日も、茂十郎と連れ立って現れて、龍五郎達と楽しく盃を交わしていたのだが、

「先生、今日は大山《おおやま》の旦那はお出《い》でにならねえんですかい?」

と、政吉が訊ねると、

「祐之助《ゆうのすけ》は近頃忙しゅうてのう。なかなか道場にも顔を見せぬわ」

と言って、少しばかり顔に険を浮かべた。

酒場では滅多に不快な表情は見せぬ兵左衛門だけに、客達は一瞬口を噤んだ。

兵左衛門はその気配を感じたか、

「ははは、忙しいのは大いに結構じゃがのう」

すぐに笑いとばしたので、再びその場はいつものように賑やかになった。

だが、濱名茂十郎だけは意味ありげな目をお夏に向けていたのである。

二

大山祐之助というのは、田渕兵左衛門の弟子である。

親の代からの浪人で、兵左衛門の剣名を聞き及び入門した一人であった。

兵左衛門は早くから祐之助の才を認め、内弟子として、たちまち一流の剣士に育てた。

そうして、一年間の諸国武者修行を経て、今年の夏に兵左衛門の許に戻ったのだが、その道中に白金猿町《さるまち》で仇討《あだう》ちの場に遭遇し、ただ一人で三人相手に戦う若侍の助太刀をして、二人を斬り、本懐を遂げるのを見届けた。

これが大きな評判を呼び、祐之助はかつての師と同じく時の人となった。

兵左衛門は、弟子の活躍を大いに喜び、濱名茂十郎にお夏の居酒屋を教えられると、すぐに祐之助を連れてきた。

「これはわたしの弟子でな。来たら田渕の付けで酒と飯を出してやってくれ」

兵左衛門がそうお夏に告げると、

「大山祐之助でござる……」

祐之助は店の客達に名乗った。

これにお夏の居酒屋は、また大いに沸いた。

「こちらの旦那が、猿町の仇討ちの……？」

「こいつは恐れ入りやした！」

「いや、それにしても強いお師匠には、強いお弟子が育つんですねえ」

口々に声をあげる客達を、祐之助は恥ずかしそうに見ていた。

兵左衛門は上機嫌で、

「いやいや、老いぼれ師匠に強い弟子ができたというところじゃよ。ほれ、前に申したであろう。今では弟子に一本取られっ放しじゃと。その憎い弟子がこ奴じゃよ」

と、大いに弟子自慢をしたものだ。

かつて追剝退治で名をあげた師。

仇討ちの助太刀で名をあげた弟子。

師は弟子を称える。

弟子はそれに驕《おご》らず、傍近くにいていつも師を敬う。

誰もが羨む師弟である。

居酒屋の常連客達は、目黒に名高き二人の剣豪と言葉を交わせることに鼻高々であった。

かといって、二人がお夏の居酒屋に時折来るとは、皆決して口外しなかった。

そんな物珍しさで店に客が押し寄せるのを、お夏は望まないし、そこは客達も同じ想いであるからだ。

田渕、大山師弟は、お夏の居酒屋のそういうほどのよさが心地よく、

「先生、こんなにほど近いところに、好い店があったとは、わたしも気がつきませんでした」

祐之助もまた、お夏の居酒屋を気に入って、兵左衛門が茂十郎と連れ立って出かける時も、

「わたしもお供させてくださりませ」

と、武者修行から帰った当初は、甲斐甲斐しく師の世話をしつつ、居酒屋に来たものであった。

しかし、濱名茂十郎だけはこの師弟を、いささか醒《さ》めた目で見ているのがお夏にはわかった。

周囲の者達は、

「ほんに好い師匠とお弟子じゃあねえか」

「まず、互いのよさを誰よりもわかり合っているからだろうな」

などと言い合っているが、茂十郎はこの仲のよさが曲者だと思っているのだ。

お夏も同感であった。

剣客の師弟の気持ちはわからないが、二人が揃って居酒屋の常連となれば、放ってもおけなくなる。

茂十郎の想いを確かめんとして、彼が一人で店に現れた時に、さりげなく訊いてみた。

「弟子が師を超えたら、それが恩返しだなんて言いますが、果してそうなんですかねえ」

茂十郎は、やはりこの女将は己が屈託に気付いてくれていたかとニヤリと笑って、

「まあ、心底喜ぶ人もいるが、大抵は心の内で舌打ちをしているんじゃあねえのかい」

さらりと応えた。

お夏はなるほどと頷いて、

「あたしはそういう人の方が、人らしくて好きですがねえ」

彼女もまたニヤリと笑った。

茂十郎は相槌を打つ。

人の好みが似ている者同士は、熱く語らずともよいので一緒にいて気が楽だ。

お夏が見たところ、田渕兵左衛門はまだ人間が枯れていない。

まだまだ剣客として自分の実力を見せつけてやろうという気迫が漂っている。

そして、時折覗かせる利かぬ気には、負けず嫌いの稚気がある。

茂十郎は兵左衛門のそういう憎めない気性が好きなのであろう。

しかし、そんな兵左衛門であるから、弟子の成長を喜ぶ反面、

「師として奴の剣に後れをとるわけにはいかぬ……」

と、まともに相手をしてやろうなどと考えるに違いない。

五十を過ぎたのだ。忍び寄る老いには敵わぬものだが、兵左衛門であれば、

「自分には長年鍛えた術《わざ》がある……」

ますます意欲を燃やすのではなかろうか。

この日。雪見の宴の話で沸くお夏の居酒屋へやって来た田渕兵左衛門が、大山祐

之助について問われて一瞬見せた険しい表情は多分にそれを物語っている。

濱名茂十郎は、

「田渕先生、張り切り過ぎねばよいのだがなあ……」

と、目で語りかけているようにお夏には思えた。

お夏もまた煙草をぷかりとやりながら同意する。

だからといって、二人共にお節介なのに、他人に対して転ばぬ先の杖を差し出そうとはしない。

転んでいない者に杖を差し出すのは無礼である。

転んでしまった者に後から差し出すのはもっと無礼だ。

他人にお節介を焼くなら、それなりの見守り方があろう。

お夏と茂十郎は、そういう肚《はら》の探り合いをするのが楽しくて仕方がないのだ。

三

田渕兵左衛門の剣術道場は、〝早道場〟の大名家の下屋敷が建ち並ぶ通りにあった。

開設当時は、弟子などまったく寄りつかなかったが、兵左衛門が追剝を退治して名をあげた後は入門者が殺到した。

今思えば、その頃が田渕兵左衛門にとって、この世の華であったのかもしれない。門人の多くは近隣の下屋敷に勤める大名家の家中の士であった。

この二十五年の間に、若かった弟子達も歳をとり、道場から巣立っていった。兵左衛門の勇名も、年月が経てば色褪《いろあ》せていき、新たな入門者もめっきりと少なくなり、今では二十人くらいになっていた。

元々が、商売上手な剣客にはなりたくないというのが信条であり、

——今がちょうどよい。

と思っていた。

生涯一剣客として、剣技の向上に努めることこそ大事で、適当に門人達に稽古をつけて師範の地位に納まっているつもりはない。

それでも、道場をそっと窺う若い武士達を武者窓越しに見かけると放っておけなくなる。

「弟子はもう、この歳になるとあまり増えても面倒を見れぬ」

口ではそう言いながらも心は躍るものだ。

その日も若い武士が三人ばかり、そわそわした様子で稽古場を窺い見ていたので、

「よかったら中へ入って見ればどうかな？」

思わず声をかけると、その三人はそれぞれ恥ずかしそうにして、

「あの……、あの御方が大山先生でござりまするか」

と、問うてきた。

「ああ……、いかにも……」

兵左衛門は、稽古場で門人達に稽古をつけている祐之助を見て言った。

仇討ちの助太刀で名を馳せた祐之助は、このところ、方々の大名、旗本屋敷に招かれて田渕道場にいる時が少なくなっていたのだが、今日は朝から稽古場に出ていた。

「はあ、やはり左様でござりまするか」

若者達は羨望の目差しを祐之助に向けている。

――まあ、今は売り出し中ゆえにのう。

自分にもそんな時があった。

師としては大いに守り立ててやらねばなるまい。

兵左衛門は祐之助の傍へ寄ると、

「祐之助、そなた目当てのようじゃ。一声かけてやるがよい」

にこやかに言った。

「あ、いや、しかし……」

祐之助は困った顔をした。

目当てと言われても自分が呼んだわけでもないし、稽古中である。

「声をかけるのも、何やら恰好をつけているような気がいたしますが……」

と、遠慮気味に応えた。

兵左衛門は、いかにもそうだと頷いたが、

「と申して、捨て置くと剣名に驕ったかのように捉えられもするものじゃ。今は気をつけねばのう」

と諭して、師の貫禄を見せた。

「はい。しからば……」

祐之助は畏まって、武者窓へ歩み寄ると、

「某《それがし》に何か御用かな……」

若者達に声をかけてやった。

「こ、これは恐れ入りまする……」

彼らはたちまち恐縮して、祐之助に声をかけられた感激に震えていた。

「名高き大山先生の御姿を一目見んと参った次第でございまするが……」

「これはお邪魔をしてしまいました」

他愛もないことだと、兵左衛門は見所へ戻ったのだが、聞くともなしにやり取りを聞いていると、

「姿など見たとて腹の足しにもなりませぬぞ。いっそここへ稽古に参られてはいかがかな?」

祐之助の返す言葉もなかなか堂に入っている。

今は世間の評判が高いゆえ、祐之助も落ち着かぬであろうが、そのうち熱も収まれば、祐之助がこういう若い連中を捌いてくれたらよい。

その上に、時に濱名茂十郎に出稽古をしてもらえれば、兵左衛門も楽になり、新

たな型や剣技の探究も叶おう。

そのように考えつつ、なかなか世間が祐之助を放してくれぬゆえに、兵左衛門はいささか苛だってもいた。

「共にこの稽古場で剣を鍛えようではないか」

祐之助は三人相手に田渕道場への勧誘をしている。

――うむ、祐之助もわかっていればよいのだ。

兵左衛門は小さく笑った。

仇討ちの助太刀で二人を倒したのだ。諸家からの招きの宴では、型を披露し武芸談を語り、仕官の誘いを受けるのが常であった。

祐之助が承諾すれば、そこから遣いの者が兵左衛門に挨拶に来るそうだが、祐之助は仕官の儀についてはすべて断っている。

一家を受ければ、他の家に申し訳が立たぬ。今はまだ修行中の身ゆえ、田渕兵左衛門の許で精進したい。

そのように伝えているのだ。

兵左衛門としては嬉しいのだが、その割には田渕道場にいる時が少なく、

――祐之助も、仕官を断るなら、初めから誘いそのものを受けねばよいのだ。

という気にもなってくる。

しかし、売り出し中ゆえ、

「このような折に、色々な人に会《お》うてみるのもよかろう」

と言っているのは他ならぬ兵左衛門なのだ。

まずよく出来た弟子を持つと、あれこれ悩まされるものなのであろう。あれこれ想いを巡らしていると、

「大山先生は、道場を開くおつもりはないのでしょうか？」

若者の声が聞こえてきた。

祐之助は言葉に詰まったが、そのうちに田渕道場とは別に大山道場を成立させて、二つの道場を切磋琢磨させてはどうかと、兵左衛門に言われていたゆえ、

「まあ、いずれ開くつもりでござるが……」

と応えたところ、

「ならばその折に、わたくしは門を叩く所存にござります る」

一人が言えば、我も我もとその折の入門を願い出たものだ。

「まず待たれよ。その折に縁があれば共に修練いたそう」

祐之助はそのように言い置くと、そそくさと稽古場に戻って兵左衛門に一礼をして、再び門人達に型の稽古をつけ始めた。

兵左衛門は眉をひそめた。祐之助に新たに道場を構えてはどうかと確かに勧めはしたが、

──あれは修行帰りの祝儀のようなものじゃ。まだいつとも決まっておらぬというのに、通りすがりの者に口にして何とする。

兵左衛門は、何やらすっきりしない想いに囚われたのである。

祐之助が共にこの道場で稽古をしようと言ったにも拘《かかわ》らず、大山道場が出来たならばと注文を付けるとは、あの若い三人も無礼ではないか。

「祐之助……」

兵左衛門は、思わず祐之助を呼んでいた。

「はい……」

祐之助は件の若者達とのやり取りに、いささか忸怩《じくじ》たるものがあり、兵左衛門の前に膝をついて畏まった。

「稽古中に呼び止めてすまなんだのう。声をかけてやれと申したが、取るに足らぬ者共であったわ」

あんな奴らに何を手間どっているのだと、叱りつけたい気持ちを抑え、兵左衛門は鷹揚《おうよう》な師を装った。

「まだあしらい方がよくわからずに、お見苦しいところをお見せして、申し訳ございませんでした……」

詫びる祐之助であったが、彼は何も間違ったことはしていないのだ。

兵左衛門としては、笑ってすませるしかなかった。

「あのような類いは、やがてそなたの道場に入門したとて長くは続くまい。その辺りを見極めねばのう」

こともなげに言うと、自らも木太刀をとり、型の稽古を指南し始めた。

稽古で汗を流せば、些末《さまつ》なことなどたちまちのうちに忘れてしまうのが、若い頃からの兵左衛門の身上である。

ところが、いくら体を動かしてみても、兵左衛門の心と体はやはりすっきりとしなかったのである。

四

居酒屋のお夏は、田渕兵左衛門を、

「まだ人間が枯れていない」

と見ていた。

それは言い換えれば、そろそろ男として枯れた味わいを持ってもよい年頃ではないかということであるが、本人にはまったくその意思はないようだ。

諸国武者修行に出た大山祐之助が戻ってから、どうも兵左衛門は心と体に変調をきたしていた。

それは、思いもかけず仇討ちに出くわし、助太刀をしたことによって一躍時の人となった祐之助の人気が内心おもしろくないからだと彼は自分で解釈していた。

そしてその想いは、

——おれとしたことが、愛弟子に妬みを持つなど何たる不覚。

と、兵左衛門に自責の念を抱かせていて、

――まだ我が剣は道半ばである。弱気がだらしない心を生むのだ。さらなる研鑽を積まねばなるまい。

濱名茂十郎が予想したように、兵左衛門を大いに張り切らせた。

ところがである。その日祐之助が外出をしている間、道場で、久し振りに他の弟子相手に立合ってみると、なかなか一本が決まらない。

今までならば、容易く見切っていた弟子の打ちが、時折入るようになってきた。

それは弟子達が、帰ってきた大山祐之助に稽古をつけてもらい、祐之助につられて強くなったことの表れであった。

また、濱名茂十郎に出稽古を頼んだ成果が出てきたのであろう。

それらはすべて兵左衛門が進めてきた策であるから、その成果を喜ぶべきであるはずだが、兵左衛門が何よりも認めたくない体の衰えが、自分を蝕んでいると思わずにはいられなかった。

体の衰えなど術《わざ》で補えばよいと、四十を過ぎてからは日々術に磨きをかけてきて、弟子達との立合では体にかすりもさせなかった。

ところが五十を過ぎると、こうも体力が落ちるものなのか――。

弟子達は、立合では師が頃合を見計らってうまく打たせてくれていると信じている。

祐之助とは二、三度立合ったが、弟子としての礼儀で次々と技を繰り出しかかってくるのを、師範らしく受け止め、太刀筋の欠陥を指摘する稽古に終始している。

実際に仕合をするとどうであろう。

やはり若く波に乗っている祐之助に分があるのは間違いない。

「祐之助、随分と腕を上げたのう。もうお前には敵わぬわ」

「先生、おからかいを……」

と笑い合ってはいたが、そもそも兵左衛門が目指していた剣は、生涯において果し合いに身を投じる覚悟と信念を持つことであった。

弟子に〝先生にはまだ敵いません〟などと、持ち上げてもらって喜んでいる剣客を数多《あまた》見てきたが、

「あんな風にはなりたくない」

と、長年思ってきたのである。

これではいけない。師範の地位に胡坐《あぐら》をかいてきた結果、自分はたるんでしまっ

たのであろう。

兵左衛門は己が剣を見つめ直した。

そしてその翌日は、ひとつの決意を持って稽古に臨んだ。

祐之助はその日もまた、どこかの大名家に招かれて道場には顔を出していなかった。

それは今の兵左衛門には幸いであった。

彼はまず素振り、型稽古を門人達と一緒にこなし、十分に体をほぐしてから、弟子を相手に立合った。

弟子がひたすら打ってくるのを、適当にいなすのではなく、

「よいか、じっくりと果し合いのつもりで打ってこよ」

と、それぞれ弟子には伝え、気合を入れてかかった。

そうなると、弟子達は兵左衛門には敵わなかった。

じりじりと間合を詰められ、堪え切れずに打ち込むと、それを待っていたかのように、技を合わせられる。自分から間合を詰めていくと、左右に回り込み、退がりつつ技を決められるという具合だ。

それでも何本かは、危うく弟子に決められそうになり、

――祐之助であれば、難なく決めていたであろう。

と思われた。

しかし、兵左衛門はそれなりの手応えを覚えた。

二十五年前に、追剝二人を容易く倒した強さはまだ失ってはいないと――。

弟子達も、いつになく緊張感が漂う師の稽古に気圧され改めて田渕兵左衛門という剣客の凄みに触れ、それぞれ気を引き締めていた。

そういう意味では、大山祐之助の帰還は、田渕道場にとっては真によい刺激をもたらしたと言える。

とはいえ、師範である兵左衛門の精神は、一剣客に戻りつつあった。

師が成長著しい弟子に嫉妬するのはよくあることで、むしろ頬笑ましい光景だと言えよう。

だが兵左衛門が祐之助に抱く想いは、いつしか敵愾心《てきがいしん》に変わりつつあった。

それを自覚して、

――何故こんなことになるのか。

追剝退治で一躍名を馳せたものの、その頃には武勇伝も人の心から忘れられつつあった。

祐之助が入門したのは、十五年前であったろうか。

兵左衛門は、自分自身に呆《あき》れていた。

兵左衛門の武名を聞きつけて入門した弟子のほとんどは、すぐにやめていった。
一時の流行や物珍しさで稽古に来る者もまた、数の一人として置いておくほど、
兵左衛門は世渡り上手ではなかった。
まずふるいにかけて、厳しい稽古を強いたのである。
そして十年が経ち、弟子の数は十人にも充たなくなっていたが、どれをとっても
猛者ばかりで兵左衛門は彼らを誇らしく思っていた。
そこへ祐之助は入門してきたのである。
入門当初は痩せていて、まだあどけない顔をしていた。
貧乏浪人の子供ゆえに、いつも腹を減らしていたが、兵左衛門を神仏のように尊
び、素直に教えを守る姿が真に健気であった。
兵左衛門も貧しかったが、祐之助の才を見込み内弟子として育て上げ、そこから

は共に喜びを分かち合いつつ暮らしてきたのである。

それを思うと、祐之助に敵愾心を抱くなど馬鹿馬鹿しい限りであるが、

――祐之助に後れをとるなど耐えがたい。

どうしてもそんな想いが湧いてくる。

老いへのあがきとは思いたくない。

歳と共に身に備えるべき剣技が体得出来ていないから祐之助の強さに妬みを覚え、愛弟子が疎ましくなるのだ。

己が修行が足らぬゆえだ――。

どのような難行苦行にも耐えてきた兵左衛門は、体の衰えとうまく付合う術《すべ》を知らなかったし、考えたこともなかった。

それゆえ、すべてが自分の不甲斐なさに帰結してしまうのである。

このような時は凝り固まった頭の中をほぐすのが何よりである。

兵左衛門は夕方に稽古を終えると、今日の稽古の手応えをささやかに祝おうと、お夏の居酒屋へと向かった。

縄暖簾を潜ると、

「いらっしゃいまし……」

お夏がいつものように迎えて、黙って酒と肴を出してくれた。

「おや、今日はお一人ですか？」

などということは言わないのがよい。

一人かどうかは見ればわかる。

後から連れが来るなら、自分の方から申告するというものだ。

清次が拵えてくれる料理は、どれも素朴でわかり易いのがよい。

雪見を楽しもうかという今頃は、大根の煮物、豆腐のあんかけ、泥鰌《どじょう》鍋……。

湯気が立つのを目で追い、ふーふーとしながら食べる品々は、どれも素材の美味さがいかされている。

店の常連客達は、力仕事に就いている者が多い。若い者もいれば、そろそろ初老に手が届く者もいる。

彼らは彼らなりに歳をとれば体の衰えを覚えて、仕事がきつくなることとてあろうが、

「おらァ、働いている中《ちゅう》に、そのままころっと逝っちまいたいねえ。若え者《わけ》に引け

は取らねえまま死んじまうってわけさ」

などと冗談交じりに語る者もいて、老いと正面から向き合い戦っている。

そんな連中の放つ熱気を浴びながら、料理を楽しみ、酒の酔いに身を浮かれさせていると、生きている実感が湧いてくる。

――そうだ。自分にもまだ望みが残っていた。

それを果すために励むのだ。

これまで己が道場を持ち、剣名を轟《とどろ》かすことも出来た。

方々から出稽古を請われる身にもなった。

剣客としては十分にやってこられたが、まだひとつ、〝剣術指南役〟として、出入りしてみたい大名家があった。

それは、米沢十五万石上杉家であった。

上杉家は、甲斐の戦国大名・武田信玄と名勝負を繰り広げた上杉謙信を祖とする。

兵左衛門は、この上杉謙信を崇拝していた。

謙信は領土的野心を持たず、あくまでも義のために戦いに身を投じたことで知られる。

大軍を率いるわけでもなく、八千ほどの兵力で、どんな敵にも勝利したと言われている。

兵左衛門はそのような武士に憧れを抱く男であった。

また、先年亡くなった上杉鷹山《ようざん》として知られる治憲《はるのり》は、財政難に苦しむ上杉家を見事に建て直し、民政に力を注いだ名君であった。

田渕道場は、上杉家下屋敷の並びにあることから、二十五年前の追剣退治の折は、上杉家からも武辺を称える使者が来て、その折は感激したものである。

その後は、下屋敷詰の武士が稽古をしに来たりしていたのだが、上杉家の剣術指南役の一人に名を連ねるまでには未だ至っていなかった。

上杉家も改革の最中で、外から指南役を招く余裕もなかったのだ。

もちろん、兵左衛門に仕官の野心はないし、指南に対する扶持《ふち》をもらおうという望みもなかった。

ただそれを誉《ほまれ》としたかっただけであったのだが、就任のための運動をするのも見苦しく思えて、

「いずれの折は……」

という辞令をもらうだけに止まっていたのであった。

だが、このところの大山祐之助への関心で、その師である田渕兵左衛門の存在が再び注目され始め、兵左衛門への出稽古の依頼も増えていた。

今日の稽古での手応えをもって、さらに精進すれば、長年の望みにひとつ近付くであろう。

兵左衛門は、ほろ酔いに気持ちも和み、上機嫌となってきた。

一人でしみじみと一杯やる姿を見て、常連客達は兵左衛門には、無闇に声はかけなかった。

それもまた心地がよかった。

勘定を告げると、お夏の目によほど頰笑ましく映ったのであろう。

「先生、何か好いことがあったようで……」

珍しく愛想を言った。

豪傑師弟の間に微妙なすれ違いが生まれているのではないかと、お夏はいささか気になっていたので、声をかけずにはいられなかったのだ。

「好いこと？　この歳になると好いことになどなかなか巡り合えぬよ。だが、少しばかりやる気が出たというところだ」

兵左衛門は銭を置くと、高らかに笑った。

「それはよろしゅうございました」

「歳をとるとな、望みを持つことが大事じゃぞ。いささか大それた望みであってものう」

自分に言い聞かせるように立ち去る兵左衛門の姿は随分と若やいでいた。

まずは結構なことだ。

お夏はその後ろ姿をしばし見守っていたが、

「若返った分だけ、何かしでかさなきゃあいいけどねえ……」

と、一騒動起こる前触れのような胸騒ぎを覚えていた。

五

あらゆる人の交流と別れを居酒屋の中から見つめてきたお夏の胸騒ぎは、恐ろしいほどよく当る。

自分にはまだ果していない望みがあることを思い出し、居酒屋の温かい料理に心も和み、意気揚々と帰路についた田渕兵左衛門であった。

しかし、体に漲る英気が、五十を過ぎた剣術師範の分別を、いささか乱していたようである。

兵左衛門の後ろ姿を見送っていたお夏が居酒屋へ入った途端。

酒に酔った三人の浪人が、兵左衛門の行く手を塞ぐようにやって来た。

浪人達は、いずれも腕に覚えのある剣客崩れで、目黒不動門前の酒場で用心棒などをして暮らしている。

別段悪事を働いているわけではなく、町の自警に寄与している一面もあるのだが、その夜はいささか酔っていた。

二本榎《にほんえのき》で寺の警備を頼まれ、これをつつがなくすませた後、振舞酒を過ごしすぎたらしい。

日頃、不安や屈託が多い浪人達である。久しぶりに割の好い仕事にありついて、浮かれたくなるのも無理はない。

だが、その向かいから歩いて来た相手が悪かった。

兵左衛門もまた、お夏の居酒屋で好い調子に出来上がり、明日から始めんとする新たな剣術修行に、夢と希望を抱いていた。

冬の夜風を総身に浴びて、威勢よく帰らんとしていた白金の通りを闊歩する酔いどれは何者ぞ——。

日頃ならば穏やかに、

「いずれか端へ寄ってくれぬかな」

と言っていたであろう言葉に怒気が含まれていた。

それと同時に両眼は三人を睨《ね》めつけるかのような光を放っている。

こうなると浪人達も、

「これは御無礼……」

「さあ、通られよ」

と、明るく返せなくなるというものだ。

「さて、心地よう道を行けば、いきなり咎められたわ」

「いずれにでも寄るゆえ、はっきり申されよ」

浪人達は気色ばんで応えた。

「ならば右へ寄ってもらおう」

兵左衛門もむっとして応えた。

「右じゃとよ」

浪人達は左へ寄った。

「それは左であろう」

「我らから見れば右じゃ！」

「黙って通ればよい！」

「怪我をいたさぬ前にな」

口々に応える三人を兵左衛門はじっと見て、

——おもしろい。これは己が腕のほどを確かめるよい機会じゃ。

と思った。

そういえば長いこと、外で喧嘩口論の類いはしていない。

稽古場では、門人相手に立合をして、まだ己が剣技は衰えていないと確かめられた。

——ならばこ度は、真剣に闘《たたこ》うてみようではないか。

「怪我をいたさぬ前……。それはどういうことじゃ？」

兵左衛門は言葉尻を捉えて、相手が引かれぬようにした。

見た目には大したことのない相手ではあるが、三十絡みの武士が三人である。

後れをとる恐れもある。

しかし兵左衛門は、

――片っ端からぶっ倒してやる。

若き日の利かぬ気がほとばしり出ていて、わくわくするのである。

「怪我をいたさぬ前に、とっとと立ち去れと申しておるのだ。そこな老いぼれが」

三人組の一人が気色ばんだ。

「おもしろい。そんなら、この老いぼれを相手にひとつやるか？」

兵左衛門は、さらに挑発をした。

「やってやろうではないか」

「後で吠え面をかくでないぞ」

そこまで言うなら相手になってやると身構えた。

――刀を抜くまでもあるまい。

兵左衛門は、この日は腰に鉄扇を差していた。

これだけで十分だと、鉄扇をゆっくりと右手に持ち、軽やかに三人へにじり寄った。

その時であった。

前方から一人の武士が、三人の背後に近付いてきて、兵左衛門と挟む形でぴたりと立ち止まった。

「何だお前は……」

「老いぼれめ。初めから加勢を頼んで強気に出たか！」

三人の武士は、酔いも吹きとんで、この武士を睨みつけたのだが、駆けつけてきた武士をじっくりと見て驚いた。

「うむ？」

「これは大山殿ではござらぬか……」

三人の表情が一変した。

駆けつけてきた武士は大山祐之助であった。

今日も大名家の招きを受けていたのだが、その帰りに田渕道場を訪ねると、兵左衛門の姿が見えぬので、お夏の居酒屋に行ったのではないかと追いかけてきたのだ。

祐之助は首を傾げて、

「某を知っているのか?」

「知るも知らぬも、白金猿町で仇討ちの助太刀をなされた……」

「あれから何度かお見かけをいたしましてな」

「道場をそっと窺《うかご》うたこともござった」

「そのようなことはどうでもよい。我が師に対して、無礼は許さぬぞ!」

祐之助は一喝した。

三人は慌てふためいて、

「さ、左様でござりましたか」

「知らぬこととは申せ、これは御無礼仕《つかまつ》った」

「どうかお許しのほどを……」

口々に叫ぶと、祐之助に憧憬の目を向けながら、兵左衛門に頭を下げて走り去ったのであった。

「先生、御無事でござりましたか……」

祐之助は兵左衛門に歩み寄ると、

「近頃はおかしな連中が多うござりまするゆえ困ります」

師を気遣った。

兵左衛門は、すっかりと興がさめてしまった。

「御無事でござりましたか……？　誰に申しておるのじゃ」

仏頂面で言った。

祐之助は苦笑して、

「これは要らざる心配でござりました」

頭を掻いた。

兵左衛門はまったくおもしろくなかった。

「祐之助、よく来てくれたのう。そなたのお蔭であ奴らも、命拾いしたものじゃ」

そのように笑いとばせばよいのであろうが、不快で仕方がなかったのだ。

今の三人を痛めつける気はなかったが、久しぶりに争闘の味を確かめてみたかった。

つべこべ言っていないで、すぐに叩きのめしてやればよかった――。

その後悔が兵左衛門を襲う。

先日の道場を覗きに来た三人といい、思えばまったく怪《け》しからぬ奴らであった。

——道場をそっと窺《うかご》うたこともあったじゃと？

それなのに夜道での遭遇とはいえ、師であるこの田渕兵左衛門のことは覚えておらず、喧嘩に及ぶとは何ごとであろうか。

祐之助はやっとその辺りのことに気が回ったのであろう。

申し訳なさそうな表情となり、

「先生……。出過ぎたことをいたしました。どうぞお許しくださりませ」

と、頭を下げた。

いかにも大山祐之助らしい愚直さであるが、兵左衛門はやはり笑えなかった。

かといって、怒るべき理由はひとつもない。

年甲斐もなく喧嘩に及ばんとした自分を恥じるべきであった。

だが希望に燃え、若返った分だけ素直になれず、

「よい。そなたに非はないのだ」

不機嫌な表情のまま、祐之助には一瞥《いちべつ》もくれずに、その場から立ち去ったのであ

る。

　──はて困った。

　縋れば縋るほど師を怒らせてしまうであろう。

　祐之助は為す術もなく、しばしその場に立ち竦んでいたが、彼もいたたまれず、そのままお夏の居酒屋へ立ち寄った。

　齢三十。太い眉に猛獣を思わせるしっかりとした目。いかにも謹厳な顔立ちをしている大山祐之助の表情は、飼い主に叱られた小犬のようにしょんぼりとしていた。

　それでもお夏と清次は、

「いらっしゃいまし……」

　いつもと同じように迎えたが、つい今しがたまで兵左衛門がいただけに、店で飲んでいた不動の龍五郎が、

「先生と外で会いませんでしたかい？」

　と訊ねた。

「うむ。会《お》うた……」

　祐之助は力なく頷いた。

まるで元気がない様子に、龍五郎もさすがに余計なことを言ったのかと、お夏を見たが目をそらされて困ってしまった。

祐之助は黙って酒を飲んで帰ろうとしたが、何か話さねば気持ちがふさいでしまう。店の常連客達の気分も害してしまうであろうと、

「それがとんでもないところに出くわしてしもうてな……」

ことさら明るく、思わぬところで師の不興を買ってしまったのだと、今の経緯を語ったものだ。

「ははは、そういうことでしたか」

龍五郎達は頰笑んだ。

「先生にしてみれば、久しぶりに三人相手に暴れてやろうと思ったんでしょうねえ」

そういう稚気が田渕兵左衛門にあるとは思いもかけず、

「いや、あっしは先生のそんなところが好きでございますねえ」

つくづくと感じ入ったので、店の内はたちまち明るくなった。

「それにしても、大山の旦那も名が売れて大変だ。その間抜けな浪人のように、物

珍しさだけで声をかけてくる奴も出てくるでしょうからねえ」

「そうなのだよ親方。おれは何も悪いことはしておらぬというのに、馬鹿が先生の機嫌を悪くして困る」

　祐之助は叫ぶように言った。

　兵左衛門が、強く有名になった弟子をもてあましているように、祐之助もまた師が自分に不満を抱いている瞬間が透けて見え困っているのだ。

　兵左衛門はそれを口にしては恥だと思っているのだろうが、祐之助にしてみると、やり切れぬ想いが募る。

「おれがここまで来られたのは、先生のお蔭ゆえ、不興を買うと、とんでもなく心が痛む……」

　心の内を吐露すると、気持ちが随分と楽になってきた。

　入門したのは十五の時で、兄弟子達からは、

「お前の腕では、先生の稽古にはついていけぬぞ」

と、切って捨てられた。

　だが、それは兄弟子達が祐之助の才を認めていたゆえの妬みであり、兵左衛門は

どんな時でも、

「お前は励めばきっとわたしを超える剣客になろう」

と、熱く励ましてくれた。

祐之助が、自分を腐した兄弟子達を打ち負かすのに、三年もかからなかった。

その時の、兵左衛門が自分に向けた笑みが、すべてを物語っていた。

兄弟子の妬みを受けたとて、精進すれば人からの非難はいつか必ず打ち払えると、兵左衛門は剣技と共に教えてくれたのだ。

廻国修行を勧めてくれたのも師であり、その路銀まで工面してくれた。

その恩をこれからどう返そうかと思って帰府してみれば、思いもかけず兵左衛門の機嫌を損ねてばかりである。

祐之助が、どうしてよいか途方に暮れるのも無理からぬことであった。

こんな話を居酒屋でしていたことが知れれば、また不興を買うかもしれないが、祐之助は胸の靄《もや》を吐き出さねばいても立ってもいられなかったのである。

「出来の好い倅を持った父親と同じ想いなのでしょうよ。あっしは聞いていてほのぼのと好い心地になりますがねえ」

龍五郎はそう言ってくれる。

祐之助は十四で父を亡くし、田渕道場に内弟子として入門後すぐに母も亡くした。そういう意味では、兵左衛門は肉親以上の存在ではあるが、剣術によって繋がれた絆は、親兄弟であっても命をかけて戦わねばならない武士の非情をも含んでいる。人の目に映る頬笑ましさなど、今の師と自分の間には存在していないと、祐之助はこのままでは避けられぬであろう師との衝突を恐れていた。

「まあ旦那、そんなことも十年経ったら笑い話になりますぜ。なあ、婆ァ、そう思うだろ」

龍五郎は相変わらず能天気で、いつもの癖で話をまとめにかかった。

――あたしに話を振るんじゃあないよ。その十年に何が起こるかわからないのが、お武家さんなんだよ。

お夏はそんな言葉を返すのも面倒になり、龍五郎の問いには応えずに、

「まあ、大山の旦那が一刻も早く天下を取って、先生に引導を渡してさしあげることですねえ」

さらりと言ってのけた。

「婆ァ、何てことをぬかしやがるんだ！」

龍五郎は、いかにも彼らしく嚙みついたが、

「その方が先生も、少しでも早く穏やかな毎日を送れるってもんじゃあないか。そう思わないかい、政さん……」

お夏は、龍五郎の乾分である政吉を見てニヤリと笑った。

龍五郎は真顔になって、

「政、手前《てめえ》、おれにとって代わろうとしているのかい！　十年早《はえ》えや」

政吉を睨んだ。

「小母さん、勘弁してくれよ……」

泣きっ面の政吉を見て、客達はどっと笑った。

龍五郎はむきになったものの、

「だがよう、確かに政が引導を渡してくれたら、楽になるかもしれねえな……」

ふと考えを改めてぽつりと言った。

その神妙な様子が実に愛すべき風情を漂わせ、店の内は再び沸いた。

「だろう？　聞きわけが好いねえ親方。あんなけちな口入屋、明日にでもくれてや

んなよ」

「婆ァ！　けちな口入屋とはぬかしやがったな！」

そこからはいつものお夏と龍五郎の口喧嘩が始まった。それを眺めていると、

――確かに女将の言う通りかもしれぬ。

この店に来ると何故か元気になるのは、師弟共に同じらしい。

祐之助の屈託は、いつしかどこかへ消えていくのであった。

六

そんなことがあってから五日が過ぎた。その間、田渕兵左衛門、大山祐之助師弟は二人共、お夏の居酒屋に、姿を見せなかった。

そもそもが剣術道場の師範とその高弟の二人である。

今や時の人となった祐之助は特に多忙を極めているはずで、常連客達はまるで気にも留めなかった。

しかし、その夜。師弟にこの居酒屋を教えた濱名茂十郎がふらりとやって来て、

二日前に大山祐之助が、新たに道場を開いて田渕道場から独り立ちをしたと告げた。

これに客達は一様に興をそそられた。

師弟の間には、どことなく微妙な気配が漂っていただけに、その流れが気になったのである。

「かねてから田渕先生は、大山殿が独り立ちできるようにと、麻布《あざぶ》の本村《ほんむら》町に空家になっている道場を押さえていたそうだが、何を思いついたのか、四日前にいきなりそこへ行かせたそうだ」

四日前といえば、祐之助が心ならずも兵左衛門の喧嘩を止めてしまい、己が人気を見せつけてしまった日の翌日のことである。

祐之助はその日も出稽古に忙殺され、田渕道場に立ち寄った際、

「お前をいつ独り立ちさせようかと思うていたが、するなら早い方がよかろう。麻布の本村町にちょうどよいところがあり、そこを押さえておいたゆえ、すぐに行くがよい」

そのように言われたという。

「先だって、先生の喧嘩を止めたのが、やはり癪にさわったのでしょうかねえ」

龍五郎が問うた。

「その話はおれも大山殿から直《じか》に聞いたが、そのくらいのことで道場から出て行けとは言わぬだろうよ」

きっかけになったかもしれないが、一時の感情で独り立ちはさせぬであろうと、茂十郎は見ていた。

「それで、大山の旦那はあっさりとそうすることに？」

「ああ、言われた通りにするのが何よりだとありがたく受けたそうだ」

「左様で……」

龍五郎は首を傾げた。

あれこれ行き違いが出ていたのは確かで、祐之助はこの店でそれを嘆いていた。

それでも、師弟の絆が深いからこその顰笑ましい光景と見ていたから、龍五郎にしてみると、意外であったのだ。

その想いは他の客達も同じであった。

貧しい浪人の子供であった祐之助を拾って育てあげた師は、かつて追剝退治で武名を轟かせた田渕兵左衛門。

祐之助は後に、仇討ちの助太刀で武名を轟かせる凄腕の剣客として成長を遂げた。

豪傑の師弟は今も仲がよくて、お夏の居酒屋を気に入って飲みに来ている。

常連客達は、二人をよく知る身が誇らしくて仕方がなかっただけに、師弟が離れていくのがおもしろくないのだ。

「ここはひとつ、濱名の旦那が間に入ってさしあげたらどうなんですかねえ」

龍五郎は常連客達の想いを代表して、茂十郎に伝えたが、

「ははは、間に入れば、わざわざ二人の仲が悪いという噂が立っていますよと、言わんばかりじゃあねえか……」

茂十郎は一笑に付した。

田渕兵左衛門にしてみれば、自分が思っている以上に大山祐之助は世間からの注目を浴びている。

それなら今の時期にこそ道場を持たせてやって、師に気兼ねなく群がる者達と付合えるように仕向けてやるのが何よりだと判断したとも言える。

「下手に関わらねえことさ……」

いつものように聞くとはなしに聞いているお夏は、煙管を手にひとつ頷いた。

「そうでやすねえ……」

龍五郎も引き下がるしかなかった。

名高き剣客師弟の想いなど、町の者達にわかるはずもない。

当人同士でないとわからぬ事情もあろう。成り行きを見守るしかあるまい。

「何と言ったってよう、豪傑二人の間に入るなど、命がいくつあったって足らねえや」

そう言う濱名茂十郎も、兵左衛門から出稽古を請われるほどの腕の持ち主である。

彼が笑いとばすと、皆の気持ちも和むのであった。

暮れも押し迫ってきた。おめでたい連中も剣客二人のことに構ってはいられなかったのだ。

それからさらに五日が経った。

江戸の町は陽気が続き、お夏の居酒屋ではいつもの平穏な日々が過ぎていた。

お夏にしてみると、物好き達が雪見の宴を開こうなどと言わなくなったのが何よりであった。

濱名茂十郎が、その後の豪傑師弟の噂をもたらしてくれることもなかった。

兵左衛門も、祐之助を独り立ちさせたことで、祐之助目当ての野次馬達の煩わしさから解き放たれたであろう。

祐之助も、新たな暮らしに目を回しながらも、道場主となった喜びを嚙み締めているに違いない。

少し時が経てば、互いを懐かしく思うはずだ。

初めのうちこそ店ではそんなことを言い合っていたが、

「それにしても雪が降らねえなあ」

今はそちらの方が気になっていた。

するとその夜はぐっと冷え込んで、居酒屋には熱い酒と温かい料理と人情を求めて、客が大勢やって来た。

その中には、大山祐之助の姿もあった。

「こいつは大山先生！　麻布に道場をお開きになったとか。一度、お祝いに伺わねえといけねえと思っておりましたが、今は随分とお忙しいでしょうから、落ち着かれましたらまた教えてやっておくんなさいまし」

龍五郎がすぐに常連の肝煎として挨拶をして、店の内はすぐに熱気に包まれた。

祐之助は殊の外元気で顔色もよく爽やかであった。

「ははは、祝いなんて無用だよ。道場を開いたといってもまだほんの真似ごとでな」

客達の祝福を受けると、照れ笑いを浮かべた。

とはいえ、噂を聞きつけた者達が既に入門を願い、まだ正式に門人と認めたわけではないが十人ほど稽古に来ているらしい。

田渕兵左衛門の手前、出稽古の依頼や、仕官の誘いを遠慮していた者達も、次々と訪れているようで、

「まず、これもみな田渕先生のお蔭でござるよ……」

ありがたいことだと感じ入る祐之助を見ていると、

「やはり田渕先生も、その辺りのことを見越しておいでだったんでしょうねえ」

「大山先生が不興を買った、などと話されていたのでちょいと案じておりましたよ」

「わざと機嫌の悪いふりをして、大山先生が独り立ちしやすいように仕向けてくださったのかもしれませんねえ」

客達も嬉しくなって、次々と祐之助に言葉をかけて酒を注ぎに行ったものだ。

お夏は、客達からの祝いを絶えず目元に静かな微笑を浮かべて受けている祐之助に、温かな目差しを向けていたが、

——まったくおめでたい連中だよ。

心の中では溜息をついていた。

師弟の間がひとつの別れ道にさしかかる時、すべてが円満にことが進むとは思えない。

お夏はそう思っている。

弟子が一人前になった時から、師にとっては競争相手となる。

弟子の出来が好いほど厄介なものはないのだ。晩年に入門した弟子が出世をしたのなら、

「弟子のお蔭でよい想いをさせてもらっておりまするよ」

などと笑ってもいられようが、師弟の実力が拮抗していると、なかなかそのような境地にはなれまい。

自分にとっての師は父・長右衛門であった。

武芸を仕込んでくれたし、人助けに生きる意義と素晴らしさも教えてくれた。しかし、父と娘は男と女の違いがあるゆえ同じ尺度では計れない。比べようがない。

お夏にとっては、それがつくづくとありがたかった。

「大山先生、おめでとうございます。これからが大変でございましょうが、迷うことなくお励みくださいまし」

お夏はそのように告げると、清次と二人で祐之助に酒を注いだ。

「うむ、迷わずにな……。忝《かたじけな》し……」

その刹那、祐之助の目がきらりと光った。

お夏には、祐之助がこの十日の間に、何かひとつの覚悟を決めたように思えた。

龍五郎はそんなお夏の胸の内にはお構いなく、

「なんでえ婆ァ、今日はやけに神妙なことを言うじゃあねえか。誰がどうなっていても、何も言わねえでぷかりぷかりとやっているお前がよう」

からかうように言った。

「馬鹿には何言ったって余計だからね」

「なるほど、ここの客は馬鹿が揃っているからな。だがよう、くそ婆ァに言われたかねえや」

龍五郎は店が賑やかだと、お夏相手に喧嘩をしたくなるらしい。

だが、名物の口喧嘩のようなほのぼのとしたものとはほど遠い、客達を震撼《しんかん》させるような言い争いが、この直後に起こることを誰が予測出来たであろう。

そこに静かに入ってきた老剣客が一人――。

田渕兵左衛門であった。

誰もがそのおとないを喜び、歓迎の言葉を投げかけようとしたのであるが、店の中は意に反して静まりかえった。

兵左衛門の形相が尋常でなく険しかったからだ。

「先生……」

祐之助は立ち上がって恭しく礼をした。

彼の表情も緊張にこわばっている。

兵左衛門が何ゆえここに来たのか察しているようだ。

何か祐之助に対して叱ることがあるのなら、道場に遣いをやって呼び出せばよい。

それを自ら居酒屋に乗り込んで来るとは、兵左衛門の怒りは相当なものなのであろう。

「祐之助……。わたしが何を言いに来たか、わかっておろうな……」

兵左衛門はゆったりとした口調で言ったが、その声は恐ろしいほどに乾いていて、低かった。

「剣術指南役の儀でござりまするか」

祐之助もまた静かに応えた。

「ぬけぬけとぬかしよったな」

「先様よりのお話にござりますれば」

「お前の方から持ちかけたと聞いておるぞ」

「出稽古を請われ、伺《うかご》うたところそのような話が……」

「それで、ここぞとばかりに願い出たか」

「はい。しかしこれには仔細がござりまする」

「黙れ！　仔細を語れば、それですまされるとでも思うたか」

「これは先生が決めることではござりますまい……」

「なるほど、それはお前の言う通りじゃ。だがのう、お前はこの田渕兵左衛門の想いを知りながら、一言の断りもなく目を抜きおった。これでは我が一分が立たぬ！覚悟をしておくがよい……」

祐之助は何か言おうとしたが、聞く耳を持たぬという兵左衛門の気迫を前に、ただうなだれた。

「騒がせてすまなんだ……」

兵左衛門は、お夏と店の者に詫びると、店を後にした。

「嫌な想いをさせてしもうたな……」

祐之助は苦笑して店にいる皆に詫びた。

ちょうど大工の孝太《こうた》がいて、

「まあ、あっしも師匠の親方には、何かってえと怒鳴られましたが、今も仲良くさせてもらっておりますよ。へへへ、どうして叱られたのかわからねえことも、随分とありましたがねえ」

と、取り繕うように言った。

剣術の師弟を同じように考えるのはおかしいかもしれないが、同じ人であるからそんな衝突もあるだろうと言うのだ。

「孝さんの言う通りだ。どこにだってこんな行き違いはあると思いますよ」

龍五郎が続けた。

「婆ァ、なんとか言えよ」

お夏はうんざりとして、

「居酒屋の婆ァに何を言えというんだよう。大山の旦那に師匠を超える時が、いよいよやってきた……、それだけの話じゃあないか」

しかめっ面で言うと酒の燗をつけた。

「うむ、超えねばならぬな。ここは一勝負だ」

祐之助はしっかりと頷いて、

「御免！」

と、店を出た。

「田渕先生、覚悟しておけ、なんて言っていなさったぜ」

「大丈夫かなあ」

客達は、未だ店内に残る田渕兵左衛門の怒りの余韻に気圧されて、言葉が出なか

ったが、

「こんな時に濱名の旦那がいてくれたらなあ」

皆の想いは同じであった。

七

翌日も冷え込みは続いた。

お夏の居酒屋は、夕暮れと共に常連客が体を温めにやって来てこの日も賑わっていた。

何よりも皆、昨夜の出来事が気になっていたのだ。

田渕兵左衛門が、大山祐之助がいるところに怒鳴り込んで来るとは思いもよらず、その恐ろしい剣幕に慄いて、とどのつまりあの師弟の間に何が起こったのかわからず仕舞であった。

それがとにかく気持ち悪かった。

店に来れば何かがわかるかもしれないと、誰もが考えていた。

とはいえ、まるで噂は届いておらず、ただやきもきするだけであった。

そのような様子を見計ったかのように、店に濱名茂十郎が現れた。一同は待ってましたとばかりに彼の周りに群がった。

「ちょいと、旦那はまだ一杯も飲んじゃあいないよ」

お夏はそれを窘めて、熱燗のちろりを茂十郎の許に運んで、まず注いだ。

「こいつはありがたい。わかっているよ、皆が知りてえことはな」

客達の顔が一斉に綻んだ。

茂十郎は燗酒を体に流し込むと、大きく息を吐いて、

「剣術指南役の儀がどうのこうのと言って、師匠と弟子がもめていたらしいな」

いきなり本題に入った。

「それはこういうことなんだよ」

田渕兵左衛門が長年の希望としていたのは、上杉家の剣術指南役に名を連ねることであった。

そのことは日頃から心を許す門人には語っていた。

もちろん大山祐之助も、師の夢についてはよく知っていた。

ところが、その祐之助が上杉家剣術指南役に選ばれたことを兵左衛門は知ったのである。

それは正に青天の霹靂《へきれき》であった。

先頃、兵左衛門は祐之助を独り立ちさせた。

その真意は、弟子が世の注目を浴び、その煩わしさに付合わされるのが多分に腹立たしくなってきたからだ。

子てから独り立ちさせることは考えていたとはいえ、弟子が売り出していく過程に付合ってもやらず、廻国修行から戻ってまだ間もない祐之助を追い出すような形になったかもしれない。

兵左衛門は、そこに忸怩たるものを覚えて気にかけていた。それなのに祐之助は独り立ちしたのをよいことに、密かに上杉家家中の士と接触していたのだ。

初めに聞いた時はまさかと思った。

下屋敷詰の家中の士によると、上杉家では、新たに剣術指南役を神道無念流の中から一人加えることになり、それをいち早く聞きつけた祐之助が、

「ならば是非、この大山祐之助を……」

と願い出た。

上杉家とすれば、白金猿町の仇討ちでの武勇で名高き大山祐之助ならばと、すぐに決まったそうな。

兵左衛門は衝撃を受けた。

上杉家が決めることである。祐之助を選んだのであればそれでよい。

しかし、祐之助が自分の想いを知りながら、何の断りもなく自ら話を持ち込んだというのは聞き捨てならなかった。

さらに情けなかったのは、自分なりに上杉家に運動していたつもりが、まったく相手にされていなかったことであった。

下屋敷詰の家士で、少しばかり上杉家の武芸事情に通じているが、内情は知らされていない。それくらいの実力の者としか付合えていなかったというわけだ。

神道無念流の一門の中でも、目黒白金に田渕ありと言われたこの自分がである――。

もちろん、世渡りに生きるつもりはない。

いくら上杉家剣術指南役に夢を抱いていたとしても、がつがつと自分を売り込むことなど恥ずかしいと思っていた。

しかしそういう自分を、

「わたしは誇りに思うておりまする」

祐之助はそのように言っていたはずだ。

独り立ちした途端に、師から不興を買われた意趣返しのごとく、師の夢を横取りした祐之助は許せなかった。

――おのれ、この身を嘲笑いよるか。

一旦、怒りが込み上げると、もはや止められなかった。

大山道場へ遣いをやればおらぬという。

兵左衛門は業を煮やして、思い当るところへ自ら出向いたのだ。

するとお夏の居酒屋で祐之助は一杯やっていた。

兵左衛門も気に入っているこの店で、指南役就任の美酒に酔っているのだろうか。

彼は怒り心頭に発したというわけだ。

「まず、そんな話を田渕先生はされていたよ」

茂十郎は、兵左衛門を訪ねて、この話を聞き出すのはなかなかに苦労したと言った。

「なるほど、田渕先生が怒るのも無理はありませんねえ」

龍五郎は神妙な面持ちとなった。

こんな時は滅多に口を挿《はさ》まない清次が、

「で、旦那は大山先生の言い分をお聞きになったんですかい？」

と、一声発した。

一同はさすが清次だ、そこが大事であると、相槌を打って茂十郎をじっと見た。

「いや、本人に訊いたとて何も語るまい。これから調べてみようかと思っているよ。このまま果し合いってことになれば、こっちもいたたまれねえからな……」

茂十郎は溜息をついた。

「果し合い……！」

まさかそんなことが起こるはずもなかろうと、一同が目をむいた時、

「おいおい……、降ってきやがったぜ」

龍五郎が店の熱気を冷まさんとし開けた戸の向こうに、白い雪がはらはらと降っていた。

八

数日降った雪は、目黒の台地を白く染めてくれた。

おまけにその日は雪も止み、一変して冬晴れの空となったゆえ、陽光が地上の雪をきらきらと輝かせていた。

茶屋坂へ向かう田渕兵左衛門は、

「うむ、よき日じゃ。いこう美しい」

雪道を踏みしめつつ、雪景色を楽しんでいた。

——まったく自分は堪え性がない。白黒つけるばかりが武士の生き様でもあるまいに。

何故このようなことになってしまったかわからない。

だが、どうしても大山祐之助とこのまま別れていくのは空し過ぎた。

五十を過ぎた剣客には、もう行き場がないのであろうか。

名剣士を育てたことに満足を覚え、小さな道場の主として、時に諸道場へ出稽古に赴き、二十五年前の〝追剝退治〟を語り朽ち果てていくのを良しとすべきなのか――。

それならばまだ体が動く間に、華々しく討ち死にを遂げてやる。兵左衛門はそんな想いに縛られてしまったのだ。

――祐之助、真に師を超えるなら、まず我を討ち果すがよい。

彼は祐之助に果し状を送ったのであった。

互いに遺恨は残さずという誓約を認《したた》め、正々堂々果し合いをしようではないかというのである。

師弟が真剣勝負に臨むのは、剣術界では珍しくもない。

昔の話ではあろうが、このような太平の世にあって剣客の生き方に一石を投じるのも悪くあるまい。

勝者も敗者も共に、後世に名を残すであろう。

決闘の場は、茶屋坂の中腹にある爺々が茶屋をさらに越えた赤松の下と決めた。

そういえばお夏の居酒屋で雪見をするならここだと言っていたような。

美しいところで、雪を赤い血で染めて息絶えるのもよかろう。

祐之助は、果し状を読むと神妙な表情となり、兵左衛門が送った使者に対して、

「本意ではございませぬが、まず伺いましょう」

と応えたという。

使者に選んだのは古参の弟子で、彼は何度も諫《いさ》めたが、兵左衛門は言われた通りにするがよいと聞き容れず、この場には単身で臨んだのである。

早朝の爺々が茶屋には人気がなく、さらに進むと目黒の台地に広がる田園は真白き雪景色となった。

体に刺さるかのような冷気が辺りを覆っていたが、まるで寒さは覚えなかった。

ゆったりと歩みを進めると、自分が古の剣豪に思えてきて心地がよかった。

赤松の下に、大山祐之助が立っていた。

「祐之助、参ったか……」

兵左衛門は静かに言った。これが今生の別れになると思えば、憎しみや怒りも消えていた。

勝負は祐之助に分があるが、こ奴に斬られるのなら本望だと思えてきた。

「参りました。参らねば、先生に会えぬと思いましたゆえ」

祐之助は静かに応えた。

「今さらお前の言い訳など聞きとうはない。一旦、果し合いを申し込んだのだ。もう後には引けぬ。尋常に勝負をいたせ」

兵左衛門は頑に言い放った。

「これへは果し合いに参ったのではござりませぬ。わたしの本意を直にお聞き願おうと……」

「ほざくな！　たとえお前の言い分に理があろうと、考えた末に申し入れた果し合いじゃ。それを聞けば未練がましい奴との謗《そし》りを受けよう。どうあっても相手をしてもらうぞ」

兵左衛門は祐之助に対峙し、刀の下げ緒で襷《たすき》をかけんとしたが、

「そうして、せめて華々しゅう討ち死にをさせよと申されまするか」

赤松の後ろから濱名茂十郎が俄に出て来て声をかけた。

「濱名殿……」

兵左衛門は苦い表情を浮かべた。或《ある》いはと思ったが、このところ姿を見せなかったゆえ、ここに現れるとは思わなかったのだ。

「田渕先生、今ここで命果てるかもしれぬと申すに、某への別れはそのままでござりまするか？　これはあまりにお情けなきこと。濱名茂十郎への義理はないとお思いかな……」

兵左衛門は言葉に詰まった。

「某も南町で少しは人に知られた同心でござりました。ここへ参ったのは大山殿に頼まれたわけではござりませぬ。こうなることを見越して参上仕った次第にて」

「濱名殿、どうか止めずに立会《たちお》うてくだされ」

「立会えと言われればそうもいたしましょうが、御両者のためにと思い、あれこれ聞き取って参ったことを語らせていただきましょう」

「いや、それには及ばぬ」

「ならば独り言をいたしまする！」

茂十郎は両者をきっと見据えた。

その気迫に、兵左衛門もさすがに抗えなかった。祐之助は祈るような目を向けていた。

「大山殿が何ゆえ、上杉様の剣術指南役に自ら名乗りをあげたか。それは串田《くしだ》源左《げんざ》衛門《えもん》殿の名があがっていたからでござる」

「なんと……」

茂十郎の言葉に兵左衛門は目を見開いた。

「祐之助、それは真か……」

「真にござりまする……」

祐之助は、頭を下げた。

串田源左衛門は兵左衛門の相弟子で、好敵手であり、犬猿の仲でもあった。

兵左衛門が、源左衛門の調子よさと、権威に媚《こ》びる性質を忌み嫌ったからである。

宴席では二度衝突した。

一度目は兵左衛門が追剝を退治した時に、

「やはり何じゃのう、道場は片田舎の物騒なところに開くべきじゃのう」

と、あてこすったのを兵左衛門が聞きつけ激怒した折。

二度目は、四十になってから一門の宴で、兵左衛門が上杉謙信に憧れを抱いているると知りながら、川中島の役について自論をとうとうと語った源左衛門を、

「源左、おぬしは講釈師になるがよい」

と兵左衛門がからかい口論となった折。

二度とも兵左衛門の方から果し合いを申し出て、兄弟子達から叱責を受け取り止めにさせられた。

田渕兵左衛門が、素晴らしい実力と慈悲深さを持ちながら、今ひとつ世に出られなかったのは、この直情径行過ぎる気性ゆえと言える。

ともあれ日頃から、

「あのような腐りきった奴は相手にせぬ」

とこき下ろしていた男が、よりにもよって兵左衛門が念願にしていた上杉家剣術指南役に推挙されていたのだ。

「串田源左衛門殿は、田渕先生の望みを聞きつけて、あれこれ手を廻して上杉様に取り入ったのでしょう」

茂十郎が推測した。

「その上で、わたしを嘲笑ってやろうと企みおったに違いない。祐之助、それゆえお前が奴にだけはその座を渡すまいと……」

「はい。そのことを聞きつけて、いても立ってもいられずに上杉様へ願い出ました」

「何ゆえすぐに言わなんだ」

「それは……」

口ごもる祐之助の横から茂十郎が笑いながら、

「何と報せようか、考える間がいりましょう」

少し詰るように言った。

師の念願である指南役の座を、自分が射止めたのである。

何と言えばよいか迷うのは当り前で、お夏の店に怒鳴り込まれては、満座の中で
理由は言えまい。

兵左衛門が何よりも嫌う男が推挙され、兵左衛門の名は挙がらなかったのだ。

それを知れば兵左衛門は悲しむであろうし、人前で話すことではない。

だからこそ祐之助は口ごもったのに、兵左衛門はそれを曲解していきなり怒り出したのである。

そして、何とか師の尊厳を傷つけずに申し開きをしようとしていた矢先に果し状が送りつけられたのだ。

「田渕先生ともあろう御方が、これでは聞きわけのない子供のようではございませぬか」

茂十郎は祐之助の想いを代弁した。

兵左衛門はしばし思い入れあって、

「これは濱名殿には、真に御足労をおかけ申したようじゃ……」

深々と頭を垂れた。

下手に間に入ると話がこじれると思い、祐之助が指南役の座を奪いに出たのには深い理由があるはずだと、姿を消して調べてみたのだ。

八丁堀同心を辞したとはいえ、養子・又七郎の後見を務めている茂十郎である。その辺りの取り調べなどお手のものだ。

今日の果し合いも見事に察知して、やって来たというわけである。

「こういうことは、弟子の立場では申し上げ辛《づろ》うござりまする。そこでまあ、しゃしゃり出て参ったわけで。先生、よろしゅうございましたな。弟子が上杉家剣術指南役となれば、上杉家の御家中の方々は、皆、田渕先生の弟子筋となる。時に大山殿の求めに応じて、上屋敷の武芸場にも参られるのでしょうなあ……」

茂十郎は相変わらず笑顔を師弟に向けていた。彼の言う通りである。弟子が上杉家の指南役になった時点で、自分の夢は叶ったに等しいのだ。それが師弟というものではないか。

兵左衛門は祐之助をじっと見て、

「このままお前に斬られて、ここで死んでしまいたい想いじゃ」

泣きたくなるのをしかめっ面でごまかしながら言った。

「先生……、では、お許しいただけますのでしょうか？」

ぱっと顔に朱がさす祐之助を前にすると、

「許すも何もなかろう。わたしは何と言ってお前に詫びればよいのか……」

余りの恥ずかしさに、兵左衛門は大いに取り乱した。

老いへの恐怖は、何とみっともない疑心暗鬼を生じさせるものなのか。

あたふたとするのは、初めて見る師の困惑を前にして、何と声をかければよいかわからぬ祐之助も同じであった。

茂十郎はにやにやとして二人を見ている。

ここは救いの女神に任せておけばよい――。

「ああ、もうお着きでしたか……」

すると襟巻を頭から被《かぶ》った女が向こうからやって来た。

「ちょいと先生方、何を難しい顔をなさっているんですよう」

現れたのは居酒屋のお夏である。

「女将か……」

兵左衛門と祐之助は、狐につままれたような顔になりお夏を見た。

お夏はまったくいつもの調子で、

「濱名の旦那が誘ってくれたんですねえ。両先生が一緒なら心強いってもんだ」

やれやれといった調子で喋り続けた。

すると、さらに向こうから清次を先頭に、居酒屋の常連達が鍋、七輪、籠などを手に大勢でやって来るのが見えた。

「ああ、雪見か……」

兵左衛門が呟いた。

「こんなところで、寒いのに痩せ我慢して雪見酒を決め込もうなんて、まったく何を考えているんでしょうねえ。付合わされるこっちは迷惑ですよ……」

お夏の言葉が終らぬうちに、

「婆ァ、歩くのが速《はえ》えなあおい……」

龍五郎の声がしたかと思うと、

「先生！」

「ちょいと早《はえ》えが熱い汁を拵えますからねえ」

「来てくださるなんて嬉しいねえ！」

常連客達の声が次々に聞こえてきた。

「痩せ我慢《ご》か……、わたしに足らぬのはそういう風流かもしれぬな……」

と独り言ちる兵左衛門を見て、お夏はニヤリと笑うと、

「さて、先生方、参りますよ」

と、坂の上へと歩き出した。

兵左衛門と祐之助は、顔を見合った。

これはお夏と濱名茂十郎の術中にはまったということであろうか――。

きっと師弟は賑やかな雪見酒の宴に巻き込まれて、心地よい酒の酔いが醒めた時には、元の間柄に戻っているのであろう。

「祐之助、勝負は道場に戻ってから竹刀で立合おう。まずそれまでは雪見酒じゃ。真に、忝し……。わたしは、よい弟子を持てて幸せじゃ」

兵左衛門が涙ぐみながら祐之助に告げた時、二人はすっかりと常連客達に取り囲まれていた。

「さあ、早いとこ始めて、さっさと引き上げますよ。どうせ帰ったら店でまた一杯やるつもりなんだろう……」

お夏の声が雪野に響き渡ったところで、またちらほらと雪が降ってきた。

この作品は書き下ろしです。

雪《ゆき》見《み》酒《ざけ》

居《い》酒《ざか》屋《や》お夏《なつ》 春《しゅん》夏《か》秋《しゅう》冬《とう》

岡《おか》本《もと》さとる

令和3年4月10日　初版発行

発行人――石原正康
編集人――高部真人
発行所――株式会社幻冬舎
〒151-0051東京都渋谷区千駄ヶ谷4-9-7
電話　03(5411)6222(営業)
　　　03(5411)6211(編集)
振替00120-8-767643
印刷・製本―中央精版印刷株式会社
装丁者――高橋雅之

幻冬舎時代小説文庫

ISBN978-4-344-43085-3　C0193　お-43-12